Die drei ???®

Im Zeichen der Schlangen

Die drei ???®

Im Zeichen der Schlangen

Erzählt von Hendrik Buchna

KOSMOS bei CARLSEN

Außerdem in der Reihe Die drei ???® im Carlsen Verlag lieferbar:

Die drei ??? – Codename Cobra
Die drei ??? – Das Geheimnis der Diva
Die drei ??? – Der Mann ohne Kopf
Die drei ??? – Der namenlose Gegner
Die drei ??? – Die geheime Treppe
Die drei ??? – Die Höhle des Grauens
Die drei ??? – Doppelte Täuschung
Die drei ??? – Geisterstadt
Die drei ??? – Grusel auf Campbell Castle
Die drei ??? – Nacht der Tiger
Die drei ??? – Pfad der Angst
Die drei ??? – Pistenteufel
Die drei ??? – Rufmord
Die drei ??? – Spuk im Netz
Die drei ??? – Stadt der Vampire
Die drei ??? und das Aztekenschwert
Die drei ??? und der Feuergeist/Nacht in Angst
Die drei ??? und der Meister des Todes
Die drei ??? und der Tanzende Teufel
Die drei ??? und die Fußball-Falle
Die drei ??? und die gefährlichen Fässer
Die drei ??? – Schuber (4 Bände)

FSC www.fsc.org
MIX
Papier aus verantwortungsvollen Quellen
FSC® C014496

Veröffentlicht im Carlsen Verlag
Januar 2015
Mit freundlicher Genehmigung des Franckh-Kosmos Verlages
und der Universität von Michigan

Based on characters by Robert Arthur
Umschlagbild: Helge Vogt
Umschlaggestaltung: formlabor
Corporate Design Taschenbuch: bell étage
Gesetzt aus der Bembo von Dörlemann Satz, Lemförde
Druck und Bindung: GGP Media GmbH, Pößneck
ISBN 978-3-551-31375-1
Printed in Germany

Die drei ???®

Im Zeichen der Schlangen

Riesen-Überraschung

»Sind wenigstens echte Schätze in den Kisten? Vom Gewicht her könnte Tutenchamun samt Sarkophag und Trauergemeinde da drinstecken!«

Mit einem letzten Ruck wuchtete Peter gemeinsam mit Bob eine weitere der genagelten Holzkisten von der Laderampe des Lastwagens. Es herrschte tropische Hitze und der aufgewirbelte feine Staub bildete einen unangenehmen Film auf der schweißnassen Haut. Schwer atmend stützte sich der Zweite Detektiv an der Wand des Lagerschuppens ab und blickte zum vertrockneten Wipfel einer einsamen Konifere hinauf. Keine Regung. Selbst den Vögeln schien angesichts der Mittagsglut die Lust am Zwitschern vergangen zu sein.

Peter nahm einen tiefen Schluck aus seiner Mineralwasserflasche. Wie lange waren sie jetzt schon mit dem Abladen zugange? Zwanzig Minuten? Eine halbe Stunde? Ihm kam es bereits wie eine Ewigkeit vor und die verflixte Ladefläche schien einfach nicht leerer zu werden. Auf dem Papier hatte das alles noch so harmlos ausgesehen: fünfhundert Sammlerstücke aus dem Räumungsverkauf eines Antiquitätenhandels in Pasadena. Und all das sollte bereits am Samstag hier auf dem Gelände des Gebrauchtwarencenters Titus Jonas bei einer großen Auktion unter den Hammer kommen. Nur noch knapp zwei Tage also, um sämtliche Vorbereitungen zu treffen! Das konnte ja heiter werden …

Onkel Titus lächelte schief. »›Schätze‹ wäre wohl übertrieben. Es sind eher Liebhaberstücke, in erster Linie europäisches Kunsthandwerk. Keine Meisterwerke also, aber solide Wertobjekte. Möbel, Porzellan, mehrere Spiegel und auch ein paar Bilder.«

Erschöpft massierte sich Justus seine Handgelenke und warf einen skeptischen Blick auf die zahlreichen Kisten. »Dein Enthusiasmus in allen Ehren, Onkel Titus, aber eigentlich ist so eine umfangreiche Auktion fast eine Nummer zu groß für uns, oder?«

»Das ist schon richtig«, stimmte Onkel Titus zu. »Deshalb arbeite ich bei den Vorbereitungen ja mit Steve Mitchum zusammen, einem alten Bekannten aus Santa Monica. Er führt dort die Galerie *Mitchum & Ferguson*.«

Bob nickte. »Klar, kenne ich! Dad hat mir von einer Ausstellung dort erzählt, die sehr viel Publikum anzieht. Irgendetwas abstraktes Modernes, glaube ich.«

»Ach, dann war der Besuch am Dienstag also Mr Mitchum?«, erkundigte sich Peter.

Onkel Titus nickte. »Steve ist schon seit über vierzig Jahren im Geschäft und hat unzählige Auktionen organisiert. Bei Logistik und Werbung kennt er sich aus wie kaum ein anderer in der Branche.«

Beiläufig wischte sich Bob mit dem Handrücken über die schweißnasse Stirn. Er wirkte ein wenig verlegen. »Und … wer war die hübsche junge Frau, die mit dabei war?«

»Nanu?« Peter warf seinem Kollegen einen belustigten Blick zu. »Höre ich da einen Hauch von Schwärmerei?«

»Das kann man Bob nicht verdenken«, erklärte Onkel Titus ächzend, während er zusammen mit Justus behutsam zwei Kisten mit der Aufschrift ›Vorsicht! Zerbrechlich!‹ aufeinanderstapelte. »Sheila Masters ist wirklich sehr attraktiv und außerdem Steves Assistentin und rechte Hand. Soweit ich weiß, arbeitet sie neben dem Kunststudium sogar hin und wieder als Model. Seriös natürlich.«

Justus grinste breit. »Ein Model mit akademischen Qualitäten. Ich muss sagen, du hast einen erlesenen Geschmack, Dritter!«

Auch Peter konnte sich einen anerkennenden Pfiff nicht verkneifen.

»Nun hört schon auf mit dem Blödsinn!«, winkte Bob gereizt ab. »Ich habe nur gesagt, dass Miss Masters' Aussehen nicht gerade durchschnittlich ist. Das ist alles!«

»Schon klar«, murmelte Peter kaum hörbar.

Mit sanfter Gewalt schob Onkel Titus eine alte Kommode zur Seite, deren Platz nun für die restlichen Kisten benötigt wurde. »Heute Nachmittag kommt Sheila jedenfalls noch mal vorbei, um die letzten Details zu besprechen. Und bis dahin sollten wir hier fertig sein. Ich erwarte in Kürze die Lieferung mit den Einzelteilen für die Auktionsbühne. Um die zusammenbauen zu können, brauchen wir jeden freien Meter.«

Justus seufzte leise. »Nur kein Stillstand …«

In diesem Moment bemerkte der Erste Detektiv einen riesenhaften Mann, der gerade das Schrottplatzgelände betrat und mit weit ausgreifenden Schritten auf sie zukam. Der Koloss hatte den Körperbau eines ausgewachsenen Grizzlybären und in etwa auch dessen Körperbehaarung. Er trug einen altmodischen langen Staubmantel, dessen zerschlissener Saum bis zu den Schäften seiner Lederstiefel reichte. Der gesamte Zustand seiner derben, schmutzverkrusteten Aufmachung erweckte den Eindruck, als wäre der Fremde soeben quer durch die Wüste Nevadas marschiert. Seine brutalen Gesichtszüge und die wild vom Kopf abstehende Mähne vervollständigten das Bild eines Mannes, mit dem man sich besser nicht anlegen sollte.

»Mannomann«, raunte Justus halblaut und lenkte damit die Aufmerksamkeit der anderen auf den nahenden Besucher. »Der könnte glatt der Bruder von Mr Hyde sein.«

Peter schluckte unwillkürlich. »Der *große* Bruder von Mr Hyde.«

Inzwischen war der Riese beim Lagerschuppen angekommen und baute sich mit unbewegter Miene vor Justus auf. Die Metallknöpfe seines Mantels reflektierten das gleißende Sonnenlicht.

»Seid ihr die Detektive?«, ertönte eine durchdringend tiefe Bassstimme.

Weit über ihm starrten zwei finstere Augen auf Justus hinab, in denen sich Herablassung und Eiseskälte spiegelten. Etwas zutiefst Beunruhigendes lag in diesem Blick und der Erste Detektiv musste sich größte Mühe geben, um ein halbwegs überzeugendes Lächeln zu Stande zu bringen. »Wir sind die drei Detektive, das stimmt. Und das hier ist mein Onkel –«

»Onkel brauch ich nicht!«, schnitt ihm der Mann harsch das Wort ab. Er zog einen Geldschein und ein kleines Päckchen aus der Innentasche seines Mantels. »Hier sind fünfzig Dollar. Und hier das Rätsel. Löst es, dann gibt's noch mal fünfzig. Ich komme später wieder.«

Damit drehte sich der unheimliche Fremde um und ging.

Für einen Sekundenbruchteil war Justus einfach sprachlos.

Dann fing er sich wieder. »He – Moment, Sir! Wie heißen Sie denn überhaupt?«
In der Toreinfahrt hielt der Riese kurz inne.
»Nicht fragen, Stern finden!«, knurrte er, ohne sich umzublicken. Dann war er verschwunden.
Ungläubig schüttelte Peter den Kopf. »Was war das denn?«
Bob schaute verdattert auf das Päckchen und den Geldschein in Justus' Händen.
»Das war die kürzeste Auftragserteilung in der Geschichte der drei ??? …«

Die Hand des toten Mannes

Bevor die drei Detektive sich ihrem neuen Fall zuwenden konnten, ordnete Onkel Titus zunächst an, die letzten Kisten zu entladen und im Lagerschuppen zu verstauen. Danach musste der gesamte Bereich zwischen Freiluftwerkstatt und Wohnhaus entrümpelt werden, um ausreichenden Raum für die kurz darauf angelieferte Auktionatorbühne zu schaffen. Als Miss Masters pünktlich um fünfzehn Uhr eintraf und von Onkel Titus in das kleine Büro geführt wurde, nutzten Justus, Peter und Bob die willkommene Unterbrechung, um auf der Veranda ein wenig zu verschnaufen. Kaum hatten sie es sich auf den alten Korbstühlen bequem gemacht, öffnete sich die Tür und Tante Mathilda trat nach draußen, in den Händen ein Tablett mit Gläsern und einer großen Karaffe.

»So, für unsere fleißigen Schwerarbeiter gibt es jetzt erst mal eine kleine Erfrischung: selbst gemachte Zitronenlimonade, natürlich eisgekühlt. Was haltet ihr davon?«

Justus strahlte über das ganze Gesicht. »Großartig, Tante Mathilda! Die können wir jetzt wirklich gebrauchen!«

»Und ob!« Vorsichtig nahm Bob das Tablett entgegen und stellte es auf einem kleinen Campingtisch ab. »Von dieser Affenhitze bin ich schon völlig ausgetrocknet.«

»Geht mir genauso«, stimmte Peter zu, während er bereits den vierten Eiswürfel in sein Glas schaufelte.

Amüsiert blickte Tante Mathilda in die Runde. »Sieht ja ganz so aus, als hätte ich da eine gute Idee gehabt. Na, dann lasst es euch mal schmecken!«

Bester Laune erhob Bob sein randvolles Limoglas. »Das machen wir garantiert!«

»Ach ja, und wenn ihr Nachschub wollt: In der Kühlschranktür links unten steht noch eine volle Kanne. Ich kenne doch euren Durst.«

Treuherzig blickte Justus sie an. »Habe ich dir eigentlich schon mal gesagt, dass du die beste Tante der Welt bist?«

Mrs Jonas lächelte verschmitzt »Oho – wir steigern uns! Letzte Woche war ich noch die tollste Tante der westlichen Hemisphäre. Da bin ich ja mal gespannt, was als Nächstes kommt!« Winkend verschwand sie im Hauseingang.

Genüsslich nahm der Erste Detektiv einen großen Schluck aus seinem Glas. Die eiskalte Limonade war wirklich ein Geschenk des Himmels ... Für einen kurzen Moment gab sich Justus ganz dem wohligen Gefühl vollkommener Entspannung hin. Einen Augenblick später jedoch nahmen seine Gesichtszüge wieder einen konzentrierten Ausdruck an. Räuspernd richtete er sich auf.

»Kollegen, dann wollen wir uns nach dieser leiblichen Wohltat mal wieder den geistigen Herausforderungen widmen.« Er kramte das kleine, in braunes Papier gewickelte Päckchen aus seiner Jeanstasche und legte es bedächtig neben das Tablett auf den Tisch. »Geht's nur mir so oder war der Auftritt unseres Besuchers vorhin reichlich absurd?«

Peter schnaubte. »Absurd? Das ist ja wohl die Untertreibung des Monats!« Gekonnt ahmte der Zweite Detektiv die bedrohlich düstere Reibeisenstimme des Riesen nach: »*Nicht fragen, Stern finden!* – Dieser Typ tickt doch nicht ganz richtig.«

Bob lächelte. »So was nennt man wohl sparsames Sprechen.«
»Was soll überhaupt dieser Blödsinn mit ›Stern finden‹? Wir sind schließlich Detektive und keine Astronomen!«, regte Peter sich auf.
»Hinter dem Begriff ›Stern‹ verbirgt sich gewiss eine übergeordnete Bedeutung. Das macht diesen Goliath allerdings nicht weniger merkwürdig«, erklärte Justus nachdenklich. »Und dann diese eigenartige Anstecknadel an seinem Mantelkragen. – Ein silberner Grabstein, über dem Flammen lodern! Also, normal ist das nicht gerade.«
»Wir hatten auch früher schon seltsame Auftraggeber«, warf Bob ein. »Eigentlich sogar auffallend oft, wenn man es recht bedenkt.«
»Stimmt«, entgegnete Justus. »Trotzdem habe ich es nicht sonderlich gerne, wenn man mich wie einen drittklassigen Laufburschen behandelt.«
Peter zuckte mit den Achseln. »Na ja, vielleicht hat King Kong bloß schlecht zu Mittag gegessen.«
Bob grinste. »Oder zu wenig: nur fünf Steaks statt acht! Jetzt komm schon, Just – vergiss dein gekränktes Ego und pack das Ding endlich aus! Man sieht dir doch an der Nasenspitze an, dass du es selbst kaum noch erwarten kannst!«
»Also schön ...« Mit theatralischem Schwung nahm der Erste Detektiv das Päckchen vom Tisch und zog vorsichtig den Klebestreifen ab. Zum Vorschein kam ein Kartenspiel, das von einem Gummiband zusammengehalten wurde.
Peter war sichtlich verblüfft. »Ein einfaches Kartenspiel? Weiter nichts?«
»Wir werden sehen.« Behutsam streifte Justus das Gummi-

band ab und fächerte die Karten auseinander. »Zunächst mal handelt es sich um ein klassisches angloamerikanisches Blatt. Ein handelsübliches Kartenspiel also, wie man es hier in jedem Laden kaufen kann. Einen geografischen Hinweis können wir somit schon mal ausschließen.«
Verwundert kratzte sich Peter am Kopf. »Du meinst, ein anderer Kartenspiel-Typ hätte uns mehr verraten können?«
»In gewissem Rahmen, ja. Beim ›französischen Blatt‹ zum Beispiel weichen die Buchstaben und teilweise auch das Design vom amerikanischen Spiel ab. Beim ›italienisch-spanischen Blatt‹ wiederum gibt es überhaupt kein Kreuz, Pik, Herz und Karo, sondern stattdessen Schwert, Kelch, Münze und Stab. Je nach Nation und Spieltyp gibt es noch zig weitere Varianten.«
Bob schmunzelte anerkennend. »Da hat sich dein Poker-Fachwissen ja direkt mal bezahlt gemacht.«
»Ein weitgefächerter Kenntnishorizont ist eben stets von Vorteil«, bestätigte Justus. »Da die geografische Herkunft des Spiels uns keinen Ansatzpunkt liefert, sollten wir uns nun der Herstellerfirma zuwenden. Hier auf dem Deckblatt klebt nämlich ein kleines Etikett, auf dem deutlich ein Namenszug zu erkennen ist: *Star Games*!«
»Star Games? Da hätten wir unseren Stern dann ja schon!«, rief Peter erfreut.
Bob schüttelte den Kopf. »Also, nennt mich ruhig einen nörgelnden Pessimisten, aber ich kann mir nicht vorstellen, dass es dem Riesen fünfzig Dollar wert ist, wenn wir ihm den Namen einer landesweit bekannten Spielkartenfirma nennen. Mal ganz abgesehen davon, dass wir sein Honorar gar nicht annehmen.«

»Das ist durchaus keine pessimistische, sondern vielmehr eine *realistische* Einschätzung«, entgegnete der Erste Detektiv. »Auch ich bin der Ansicht, dass dieser ›Stern‹ auf dem Etikett lediglich Teil eines größeren Kontextes ist. Wenn man ganz genau hinsieht, ist über dem Schriftzug noch der Rest eines schwachen Stempelabdrucks zu erkennen.«

Interessiert beugte sich Peter vor. »Wirklich? Zeig mal!« Mit zusammengekniffenen Augen betrachtete der Zweite Detektiv das vergilbte Schildchen. Die grüne Stempelschrift war wirklich kaum noch lesbar. »Giz… Gizma… nein, falsch … Gizmo! *Gizmo's Castle*!«

Justus stutzte. »*Gizmo's Castle*? Das ist doch dieser kleine Ramschladen am Hafen! Ich selbst war noch nie dort, aber Onkel Titus hat sich mal dahin verirrt. Das muss eine regelrechte Rumpelkammer sein, vollgestopft mit allem möglichen und unmöglichen Zeug. Die hässliche Lavalampe aus unserem Flur stammt von dort.«

»Na, das ist doch schon mal was.« Gespannt blätterte Bob den restlichen Stapel durch. »Hm … Der zweite Anhaltspunkt scheint das Fehlen bestimmter Karten zu sein. Jedenfalls vermisse ich die Herzdame. Kommt, wir sortieren mal alles!«

Er breitete die Karten auf dem Tisch aus und gemeinsam begannen sie damit, das Spiel nach Farben zu ordnen.

»So, Karo ist vollständig«, verkündete Peter nach einigen Sekunden.

Justus nickte. »Herz auch, bis auf Bobs Dame. Wie sieht's denn bei Pik aus?«

»Da fehlen die Acht und das Ass«, erklärte der dritte Detektiv.

»Genau wie beim Kreuz!«, stellte Peter fest. »Das Ass und die Acht fehlen.«
Ein Lächeln umspielte Justus' Lippen. »Insgesamt fehlen also fünf Karten: zwei Asse, zwei Achten und eine Dame. Damit ist die Sache klar.«
Irritiert legte Bob den Kopf schief. »Ist sie das? Und inwiefern bitte?«
»Ganz einfach, Kollegen.« In den Augen des Ersten Detektivs blitzte ein altbekanntes Funkeln auf. »Beim Poker geht es bekanntlich darum, mit fünf Spielkarten eine sogenannte Hand zu bilden. Jede Pokerhand hat ihren eigenen Namen, zum Beispiel ›Full House‹, ›Straight Flush‹ und so weiter. Die fehlenden Karten bei uns, also zwei Paare, Asse und Achten mit Dame, bilden ebenfalls eine solche Kombination. Und zwar die sogenannte ›Dead Man's Hand‹.«
Peter blinzelte nervös. »Die Hand des toten Mannes? Das hört sich aber nicht sehr freundlich an.«
Ungeduldig wedelte der dritte Detektiv in der Luft herum. »Dürfen wir annehmen, dass unser Poker-Guru auch die Herleitung dieses ›unfreundlichen‹ Namens kennt?«
Justus' Lächeln wurde noch breiter. »Ihr dürft. Dieses Blatt ist nach einem der berühmtesten Revolverhelden des Wilden Westens benannt: James Butler Hickok, genannt ›Wild Bill‹.«
Peter schnippte mit den Fingern. »Klar, kenn ich! Ist ja schließlich eine echte Westernlegende.«
»Tja, Wild Bills Tod war genauso gewalttätig wie sein Leben: Er wurde hinterrücks beim Pokerspiel erschossen. Und jetzt ratet mal, was er da gerade für ein Blatt in der Hand hielt.«
»Also, ich tippe mal mutig auf zwei Paare, Asse und Achten,

mit Dame«, entgegnete Bob grinsend. »Deshalb ›die Hand des toten Mannes‹!«

Zufrieden lehnte sich der Erste Detektiv in seinem Stuhl zurück. »Dann haben wir jetzt also *Gizmo's Castle*, Wild Bill und einen flammenden Grabstein-Anstecker. Damit müsste sich doch eigentlich etwas anfangen lassen.«

Peter nickte. »Diesen Gizmo kann ich übernehmen. Nachher hole ich für meine Mom eine Bestellung in Mr Frintons Fischladen ab, dann bin ich sowieso am Hafen.«

»Sehr gut. Währenddessen kann Bob ja weitere Nachforschungen zu diesem Wild Bill und den näheren Umständen seines Ablebens anstellen. Ich selbst werde vermutlich den ganzen Tag nicht vom Schrottplatz wegkönnen. Ihr wisst ja …« Mit gequältem Lächeln deutete Justus hinter sich auf das lose Gerippe der Bühnen-Einzelteile.

Aufmunternd klopfte ihm Bob auf die Schulter. »Für eine Weile hast du uns ja noch zur Unterstützung. Also: Machen wir uns an die Arbeit!«

Unerwarteter Besuch

Die drei Freunde kamen schneller voran als erwartet und hatten die Bühne beinahe fertiggestellt, als Miss Masters sich eine knappe Stunde später von Onkel Titus verabschiedete und zu ihrem Wagen ging. Bevor sie jedoch einstieg, hielt sie kurz inne, dann wandte sie sich um und kam auf die Jungen zu. Sie trug ein figurbetontes Sommerkleid und ihr offenes dunkelbraunes Haar reichte bis zu den Hüften. Bob sah sie schon von weitem und hoffte inständig, dass sie nicht ihn, sondern Justus oder Peter ansprechen würde. Ein Kribbeln breitete sich in seiner Magengegend aus und sein Herzschlag beschleunigte sich spürbar.

Auch wenn er es den anderen gegenüber niemals eingestanden hätte, faszinierte ihn Sheila Masters. Der Grund lag Jahre in der Vergangenheit. Zur damaligen Zeit hatte in direkter Nachbarschaft der Andrews ein junges Ehepaar gewohnt. Und dieses Paar hatte eine hübsche Tochter gehabt: Juliet … Rückblickend waren die Gefühle, die Bob für das Mädchen empfunden hatte, kaum mehr gewesen als eine harmlose Teenie-Schwärmerei. Doch damals war er bis über beide Ohren in sie verknallt gewesen. Die Sache hatte allerdings einen schwerwiegenden Haken gehabt: Bob war erst zwölf gewesen und Juliet sechzehn. Ihr Interesse für den schüchternen Bücherwurm von nebenan war dementsprechend etwa so groß gewesen wie Justus' Vorliebe für modernen Ausdruckstanz – knapp unter null nämlich. Bob hätte genauso gut im Abgrund eines Tiefseegrabens oder auf der Rückseite des Mondes wohnen können. Er war praktisch unsichtbar gewesen. Bis auf ein gelegentliches »Hallo« hatte Juliet kaum von ihm Notiz genommen. Und nach einem Dreivierteljahr war sie dann einfach fortgezogen. Weder von ihr noch von ihrer Familie hatte Bob jemals wieder etwas gehört und doch war Juliet über all die Jahre nie ganz aus seiner Erinnerung verschwunden. Wie eine langsam verblassende Fotografie, von der man sich nicht trennen möchte.

Und genau an sie, an Juliet, erinnerte ihn Sheila Masters. Zuerst hatte Bob gedacht, sie sei es tatsächlich, so verblüffend war die Ähnlichkeit. Inzwischen war ihm natürlich klar geworden, dass er sich geirrt hatte, dennoch zog ihn die ›neue‹ Juliet geradezu magisch an. Schon bei ihrem ersten Besuch hatte Bob ihr immer wieder aus der Ferne verstohlene Blicke zugeworfen, natürlich ganz unauffällig. Wenn sie ihn jetzt jedoch direkt ansprach, würden Justus und Peter garantiert merken, was mit ihm los war! *Nur nicht zu mir, nur nicht zu mir, nur nicht zu mir*, hämmerte es in seinem Kopf.

Lächelnd blieb Miss Masters vor dem dritten Detektiv stehen. »Ihr müsst die berühmten drei ??? sein, stimmt's? Ich bin Sheila Masters.«

Bob erstarrte in stocksteifer Haltung und wie auf Knopfdruck wechselte seine Gesichtsfarbe zu einem satten Feuerwehr-Rot. Von einer Sekunde zur anderen herrschte in seinem Kopf tiefschwarze Leere, so als hätte jemand mitten in einer laufenden Kinovorstellung den Film abgeschaltet. Sämtliche Gedankenströme waren urplötzlich abgeschnitten. Übrig geblieben waren nur ein dumpfes Rauschen in seinen Ohren und dieser einzige Wunsch: *Jetzt bloß nicht blamieren!*

»Äh … angenehm. Ich … bin Bob Andrews.« Ihm kam es so vor, als würde da ein völlig Fremder sprechen. Ob Miss Masters von alldem etwas merkte? Nervös blickte er in zwei tiefbraune Augen, die ihn erwartungsvoll musterten. Erwartungsvoll? Siedend heiß fiel Bob ein, dass er ja auch seine Freunde vorstellen musste! Er sah rasch zu Justus und Peter hinüber. Wie lange hatte diese peinliche Pause gedauert? Fünf Sekunden? Fünf Minuten? Egal, jetzt musste es schnell gehen! Mit einer rudernden Handbewegung deutete er hastig auf seine Freunde. »Äh – und das hier sind meine Kollegen Jest und Puter.«

Lächelnd reichte der Erste Detektiv der Besucherin seine Hand. »Just, um präzise zu sein. Justus Jonas. Sehr erfreut, Miss Masters.«

»Und ich bin Peter Shaw, guten Tag!« Mit einem Grinsen fügte er hinzu: »Sie können mich aber auch gerne Puter nennen.«

»Das ist nämlich sein Spitzname!«, ergänzte Bob schnell.

Vergnügt blickte Sheila von einem zum anderen. »Schön, dass ich euch auch mal kennenlerne. Aber sagt doch bitte Du zu mir, sonst komme ich mir so furchtbar alt vor.«

»Gern, Sheila!« Bob strahlte wie ein Honigkuchenpferd. Offensichtlich blieb sein Aussetzer ohne weitere Folgen. Mit ein bisschen Glück konnte der Nachmittag noch richtig toll werden!

»Ihr seid also die drei Detektive.«

»So ist es.« Lächelnd zückte Justus ein schmales schwarzes Etui und überreichte Sheila mit einer kleinen Verbeugung seine Visitenkarte, die sie aufmerksam las.

Miss Masters schmunzelte anerkennend. »Die berühmte Karte

der drei ???. Mr Jonas hat mir schon eine Menge von euch Superspürnasen vorgeschwärmt.«

»Mein Onkel neigt bisweilen zu Übertreibungen«, wehrte Justus geschmeichelt ab.

»Vielleicht neigen manche Detektive auch nur zu übertriebener Bescheidenheit?«, entgegnete Sheila kess. Dann senkte sie ein wenig die Stimme und ihr Blick wurde ernster. »Sagt mal …« Sie sah sich rasch um, ob niemand in Hörweite war. »Kann ich mich mit euch über eine eher private Angelegenheit unterhalten? Hat also gar nichts mit der Auktion übermorgen zu tun.«

Interessiert trat Peter einen Schritt näher. »Könntest du da ein bisschen ins Detail gehen?«

»Gern, aber nicht hier draußen, wenn es euch recht ist. Können wir irgendwo ungestört miteinander reden?«

»Natürlich.« Bob wollte zur Veranda weisen, wo jedoch gerade Tante Mathilda saß und an ihrem Kaffee nippte. Fragend blickte er Justus an. »Denkst du, es ist okay, wenn …«

Der Erste Detektiv schien für einen Moment überrumpelt zu sein. Dann lächelte er.

»Einer Rat suchenden Assistentin von Mr Mitchum dürfen wir wohl durchaus einen Blick in unsere Zentrale gewähren.«

Er wandte sich an Sheila. »Sie ist allerdings etwas … unkonventionell.«
»Umso besser!«, erwiderte Sheila fröhlich. »Ich finde Konventionen furchtbar langweilig.«
Nach einigen erläuternden Worten von Justus begaben sich die vier zum verborgenen Wohnwagen der Detektive. Kurz bevor sie ihn erreichten, erklang von ferne ein heiserer Ruf: »Justus! Kann ich dich mal kurz sprechen?«
Der Erste Detektiv blickte sich um. Es war Mr Hunnicutt, einer ihrer Nachbarn von der gegenüberliegenden Straßenseite. Er stand am Eingangstor und hob grüßend die Hand.
»Oje, der verrückte Abner.« Justus seufzte leise, dann wandte er sich an Bob, Peter und Sheila. »Geht ihr schon vor zum Kalten Tor, ich komme dann gleich nach, okay?«
»Alles klar, Chef!« Peter salutierte spielerisch. »Aber lass dir nicht wieder irgendwelchen Kram aufschwatzen. Diese alten Uniformen, die er dir das letzte Mal angedreht hat –«
»… waren in Wirklichkeit nicht aus dem amerikanischen Unabhängigkeitskrieg, sondern aus *Errols wunderbarer Welt des Karnevals*, ich weiß, ich weiß!«, unterbrach ihn Justus genervt. »Aber keine Sorge – Geschäfte mit Abner Hunnicutt darf ohnehin nur noch Onkel Titus abwickeln.«
In der Tat hatte es mit dem äußerst geschäftstüchtigen Mr Hunnicutt schon die eine oder andere Unstimmigkeit bei seinen diversen ›garantiert historischen‹ Fundstücken gegeben. Diese Unregelmäßigkeiten hatte der ältere Herr mit den wallenden weißen Haaren zwar stets auf seine nachlassende Sehkraft und die Schamlosigkeit unehrlicher Flohmarkt-Anbieter zurückgeführt, dennoch galt er inzwischen als Kunde der Risikogruppe eins und wurde daher nur noch vom Chef

persönlich bedient. Justus würde sich also keinesfalls auf irgendwelche Diskussionen über den antiquarischen Wert von Postkutschenschildern oder Apachen-Federschmuck einlassen, sondern Mr Hunnicutt direkt und ohne jede Umschweife an Onkel Titus verweisen.

Der Mann in der Torzufahrt, der an eine zerzauste Mischung aus Albert Einstein und Barney Geröllheimer erinnerte, schien allerdings nicht wegen eines Verkaufsgesprächs gekommen zu sein. Zumindest trug er keinerlei Ware bei sich, aber das musste natürlich nichts heißen. Schließlich konnte er ja die Briefmarkensammlung von George Washington oder irgendeinen anderen Plunder unter seinem Blouson versteckt haben. Justus atmete noch mal tief durch und setzte ein höfliches Lächeln auf.

»Guten Tag, Mr Hunnicutt! Wenn Sie wieder etwas zu verkaufen haben, müssten Sie sich an meinen Onkel –«

»Nein, nein – heute habe ich nichts dabei«, erwiderte Mr Hunnicutt schnell.

Halleluja!, fuhr es Justus durch den Kopf.

»Eigentlich wollte ich nur um etwas bitten«, erklärte Hunnicutt zögerlich.

»Und um was handelt es sich?«

»Ja, also … wenn ihr das nächste Mal über Nacht Gäste habt, dann seid doch bitte so gut und sagt ihnen, dass sie direkt bei euch oder hinten beim Coffee Shop parken können.«

Der Erste Detektiv war sichtlich irritiert.

»Es ist nämlich so …«, fuhr Hunnicutt fort. »Die ganze Nacht hat dieser blaue Kleinlaster vor meinem Haus geparkt und ist erst heute früh um acht wieder weggefahren. Es geht mir dabei gar nicht ums Blockieren der Einfahrt, aber der Wagen stand direkt vor meinem Schlafzimmerfenster und ich lasse mich morgens doch so gerne vom ersten Licht der Sonne wecken.«

Justus versuchte seine Gedanken zu ordnen. »Nun, da muss ich Sie leider enttäuschen, Mr Hunnicutt. Wir hatten gestern niemanden zu Gast. Weder abends noch über Nacht.«

»Nein?« Abner Hunnicutt war die Überraschung deutlich anzusehen. »Das ist ja eigenartig. Ich hätte schwören können, dass der Fahrer direkt zu eurem Gelände rübergegangen ist.«

Der Erste Detektiv horchte auf. »Können Sie vielleicht beschreiben, wie der Mann ausgesehen hat?«

Hunnicutt schüttelte den Kopf. »Nein, tut mir leid. Du weißt ja, dass es mit meinen Augen nicht zum Besten steht. Ich erinnere mich nur noch, dass er so um zehn Uhr abends gekommen ist und dass ich mich gewundert habe, wieso er so weit abseits parkt, obwohl er doch zu euch will.«

Stirnrunzelnd ließ Justus seinen Blick über den Schrottplatz schweifen. »War der Besucher möglicherweise besonders groß oder irgendwie auffällig gekleidet?«

»Besonders groß? Also, aufgefallen ist mir nichts, aber bei meinem Handicap ...« Er tippte gegen seine dicken Brillengläser.

Der Erste Detektiv nickte bedauernd. »Tja, wie gesagt – bei uns war kein Besuch. Das Ganze scheint dann wohl einfach ein Zufall gewesen zu sein. Sollten wir aber tatsächlich mal Übernachtungsgäste haben, werde ich Ihren Wunsch natürlich gerne ausrichten.«

»Vielen Dank, das ist wirklich nett.« Hunnicutt strahlte und winkte zum Abschied. »Glaub mir, es gibt nichts Schöne-

res, als von der erwachenden Morgensonne geweckt zu werden.«
»Ich werd's mir merken!«, rief ihm der Erste Detektiv nach. In Gedanken war er jedoch wieder bei dem nächtlichen Besucher, der angeblich auf dem Schrottplatz gewesen war. Ob Mr Hunnicutts schlechte Augen ihm einen Streich gespielt hatten? Zumindest war nach achtzehn Uhr definitiv kein Kunde mehr auf dem Gelände gewesen und irgendwelche Auffälligkeiten hatte es auch nicht gegeben. Justus schüttelte den Kopf und wandte sich Richtung Zentrale. Da nichts passiert war, lohnte es auch nicht, sich über die Sache unnötig den Kopf zu zerbrechen.
Hätte er die dunkle Gestalt bemerkt, die ihn aus dem Schatten einer Häuserecke aufmerksam beobachtete, wäre sein Urteil fraglos anders ausgefallen.

Achterbahn der Gefühle

Die Zentrale der drei Detektive war in einem alten, umgebauten Campinganhänger untergebracht, der am Rand des Jonas-Geländes unter einem Schrottberg verborgen lag. Neben bequemem Mobiliar verfügte sie auch über eine hochwertige technische Ausstattung, die sowohl Telefon und Fax als auch einen Computer, Videokameras und sogar ein kleines Kriminallabor einschloss. Im hinteren Teil des Hängers befand sich darüber hinaus eine komplett ausgestattete Dunkelkammer für die Entwicklung und Bearbeitung von Foto- und Filmmaterial.

Als Justus eintrat, fiel ihm als Erstes die hektische Betriebsamkeit des dritten Detektivs auf. Bob war offensichtlich bemüht vollendete Gastgeberqualitäten an den Tag zu legen: Soeben rückte er sorgsam die Sofakissen zurecht, stellte den Standventilator näher heran und versuchte gleichzeitig eine leere Coladose und Schokoladenpapier unauffällig mit dem Fuß unter den Sessel zu schieben. Danach schenkte er Sheila einen Becher Eiskaffee ein, den er in der Zwischenzeit aufgetrieben hatte. Peter signalisierte Justus mit einem belustigten Zwinkern, dass man sich hier um nichts mehr zu kümmern brauchte. Bob war ja da.

Sheila war sichtlich beeindruckt, sowohl von der technischen Ausstattung der Zentrale als auch vom aufmerksamen Service. »Ich bin völlig baff! Sagt mal, kümmert ihr euch um all eure Kunden so rührend?«

Peter lächelte breit. »Aber sicher. Da machen wir keine Unterschiede. Stimmt's, Bob?«

»Äh, so ist es«, murmelte der dritte Detektiv betont beiläufig und warf Peter einen finsteren Blick zu. »Aber kommen wir doch zu Sheilas Anliegen zurück. Oder gibt's noch Neuigkeiten von Mr Hunnicutt?«

Er wandte sich zu Justus um, der aber den Kopf schüttelte. »Nein, das war bloß ein Missverständnis. Und glücklicherweise ging es auch nicht um neue Verkaufsangebote.«

Der Erste Detektiv nahm auf einem freien Drehstuhl Platz und lächelte Sheila auffordernd zu. »Na, dann erzähl mal, was du auf dem Herzen hast.«

»Tja, wo fange ich da an?« Sheila lehnte sich zurück und atmete tief ein. »Also, es ist so: Vor drei Wochen hat mich eine Freundin zu einer Party eingeladen. Wegen der vielen Arbeit in der Galerie wollte ich eigentlich absagen, aber weil Cathy mir deswegen die ganze Zeit in den Ohren lag, bin ich zum Schluss doch mitgegangen. Ich fand es dann auch wirklich toll. Es war jede Menge los, die Musik war klasse und man konnte viele nette Leute treffen.«

Sie nestelte nervös an ihrem jadefarbenen Armreif herum, während sie nach den richtigen Worten zu suchen schien. »Einer von den Gästen, der so ein bisschen abseitsstand, ist mir gleich am Anfang aufgefallen. Nicht, weil er sich in den Vordergrund gedrängt hätte, sondern einfach nur, weil er mir vom Typ her sofort gefallen hat: groß, dunkelhaarig und unglaublich gut aussehend.«

Bob, der bisher verträumt eher dem Klang von Sheilas Stimme als dem Inhalt ihrer Erzählung gelauscht hatte, stutzte unvermittelt. Hatte sie da gerade von einem unglaublich gut aussehenden Mann gesprochen, den sie auf irgendeiner Party getroffen hatte? Unsinn, er musste sich verhört haben. In Gedanken kehrte er wieder zu einer malerischen Strandpromenade zurück, auf der er und Sheila Arm in Arm entlangschlenderten und den herrlichen Sonnenschein genossen.

Zögernd fuhr Sheila fort. »Na, jedenfalls habe ich mich im Verlauf des Abends schließlich getraut ihn anzusprechen. Seanford Newman heißt er und er war mir von der ersten Sekunde an sympathisch. Wir waren irgendwie gleich auf derselben Wellenlänge und es lag von Anfang an so ein bestimmtes Knistern in der Luft.«

Bob schluckte. Über der Strandpromenade waren gerade dichte Unwetterwolken aufgezogen.

Sheilas Blick nahm einen verträumten Ausdruck an. »Normalerweise bin ich gar nicht so, aber bei Sean war es die sprichwörtliche Liebe auf den ersten Blick: ein kurzer Augenkontakt, ein Lächeln und bumm! Verknallt bis über beide Ohren.«

Die Strandpromenade ging soeben in einem donnernden Hagelsturm unter.

»Na, das ist doch toll!«, sagte Justus schließlich in die folgende peinliche Stille.

Der dritte Detektiv gab ein drucksendes Geräusch von sich. Es kostete ihn sämtliche Selbstbeherrschung, um sich seine Enttäuschung nicht anmerken zu lassen. Hastig nickte er. »Ja, fantastisch!«

Sheila seufzte leise. »Eigentlich habt ihr ja Recht. Er ist ein wirklich hinreißender, humorvoller und einfühlsamer Mensch, aber …« Sie zögerte erneut.

»Aber was?« Der Erste Detektiv lehnte sich vor und blickte sie ermutigend an.
»Na ja, mir ist schon am ersten Abend aufgefallen, wie verschlossen er war, wenn ich ihm irgendwelche Fragen zu seinem Leben gestellt habe. Ganz so, als wenn er etwas zu verbergen hätte. Auch bei den nächsten Treffen hat er immer ausweichend reagiert, wenn ich etwas über ihn oder seine Vergangenheit wissen wollte.«
»Vielleicht ist er einfach nur schüchtern«, warf Peter ein.
»Sensibel ist er schon, das stimmt«, bestätigte Sheila. »Gerade das mag ich ja so an ihm. Er ist keiner dieser üblichen Machos mit großer Klappe und nichts dahinter, sondern gefühlvoll und sehr romantisch.«
»Wow, ein echter Frauenversteher«, murmelte Bob kaum hörbar. Eins stand jetzt schon fest: Dieser Seanford war ihm durch und durch unsympathisch. Allein schon der dämliche Name …
Justus verengte die Augen. »Aber da ist noch etwas anderes, richtig?«
Sheila blickte zur Seite. »Stimmt. Auf der Party haben wir uns auch über unsere jeweiligen Interessen unterhalten und Seanford erzählte, dass er ebenfalls ein großer Kunstliebhaber sei. Darüber habe ich mich natürlich sehr gefreut, weil so eine Gemeinsamkeit ja verbindet. Aber später stellte sich heraus, dass er nicht mal Rembrandt oder Monet kannte!«
»Das ist allerdings merkwürdig«, stimmte Justus zu und kratzte sich am Hinterkopf.
Peter nickte. »So als wenn ein Musikliebhaber nicht wüsste, wer Elvis und die Beatles sind.«

Der dritte Detektiv konnte seine Schadenfreude kaum verbergen. Von wegen Mr Perfect!
»Es wird noch seltsamer«, fuhr Sheila fort. »Bei allen bisherigen Treffen hatte er immer irgendeine Ausrede auf Lager, warum ich ihn nicht in seiner Wohnung besuchen könne. Erst waren es Malerarbeiten, beim nächsten Mal hatte er ein Geschäftsmeeting, dann war angeblich sein Bruder zu Besuch und so weiter. Ein regelrechtes Sperrgebiet.«
Bob schmunzelte grimmig. Das passte doch bestens ins Bild, dachte er. Wahrscheinlich wohnte der durchlauchte Lord Seanford in einer Bruchbude und hatte bloß Angst, dass Sheila mit seiner Kakerlaken-WG Bekanntschaft machte!
Peter runzelte die Stirn. »Ziemlich ungewöhnlich, diese Abschottung. Vor allem für einen Mann mit ernsteren Absichten. Eigentlich kennt man da ja eher das umgekehrte Verhalten.«
»So sehe ich das auch«, erwiderte Sheila bedrückt. »Ich bin von Natur aus wirklich nicht übermisstrauisch, eher das Gegenteil. Aber ich habe mit Männern schon einige sehr unschöne Erfahrungen gemacht und möchte einfach nicht noch mal enttäuscht werden.«
Justus nickte ernst. »Verständlich.«
»Tja, und da kam es mir wie ein Wink des Schicksals vor, dass ich gerade jetzt auf ein Team von Detektiven stoße. Es geht mir darum, ein paar nähere Informationen über Seanford zu erhalten, ohne dass er das Gefühl bekommt, ich würde ihm nachspionieren. Ich will ja nichts kaputt machen, nur weil ich ein wenig verunsichert bin.« Sie hielt erwartungsvoll inne. »Wie ist es? Könnt ihr den Auftrag übernehmen?«
So weit kam es noch! Ehe Justus antworten konnte, erklärte

Bob betont geschäftsmäßig: »Also, normalerweise machen wir diese Art von ›Privat-Recherchen‹ eigentlich nicht.«
»Aber in diesem Fall geht es ja quasi nur um eine Personenüberprüfung«, wandte Justus ein. »Wir sollen schließlich keinem Ehebrecher hinterherschnüffeln.«
»Und was ist mit unserem anderen Auftrag?«, fragte Bob in eingeschnapptem Tonfall.
»Da wissen wir ja noch gar nicht, ob es ein echter Fall ist«, gab Peter zurück. »Außerdem ist eine Fahrt zum Hafen ja keine Weltreise.«
Hoffnungsvoll blickte Sheila auf. »Das heißt, ihr helft mir?«
Der Erste Detektiv lächelte. »Genau das heißt es.«
»Klar, ist gebongt. Wir überprüfen deinen Schwarm«, schloss sich Peter an.
Bob gab ein unverständliches Grummeln von sich. Dieses Treffen war ja wirklich fabelhaft gelaufen! Nicht nur, dass Sheila sich in einen angeberischen Schönling verknallt hatte – jetzt waren sie auch noch damit beauftragt, die letzten Zweifel an diesem Supermann auszuräumen …
»Das ist ja großartig!« Überschwänglich schüttelte Sheila den Detektiven die Hand. »Vielen, vielen Dank! Bestimmt gibt es für alles eine ganz einfache Erklärung. Und dann steht endlich nichts mehr zwischen mir und Seanford!«
»Das wäre ja wirklich zu schön, um wahr zu sein«, knurrte Bob leise.
Justus nahm einen Notizblock zur Hand. »Dann brauchen wir jetzt nur noch die Adresse von Mr Newman.«
»Natürlich, einen Moment!« Sheila griff in ihre Handtasche und suchte ein wenig darin herum. »Hier, das ist seine Karte. Er arbeitet als freiberuflicher Eventmanager in Rocky

Beach. Adresse und Telefonnummer stehen auf der Rückseite.«

Peter nahm die Visitenkarte entgegen und las laut vor:

»›*FunDango – Festivals and more*

Seanford Newman/Creative Supervisor‹.«

»Wie eindrucksvoll …«, brummte Bob ungnädig.

Nachdenklich betrachtete Justus die Karte. »*FunDango* aus Rocky Beach? Merkwürdig, davon habe ich noch nie etwas gehört.«

»Sean hat sich erst kürzlich mit dieser Agentur selbstständig gemacht«, erklärte Sheila. Sie warf einen Blick auf ihre Armbanduhr. »Huch, so spät schon? Ich muss dringend zurück nach Santa Monica! Wenn ihr noch Fragen habt, hier ist meine Handynummer und die private E-Mail-Adresse.« Eine weitere Visitenkarte wechselte den Besitzer.

Justus verstaute sie sorgfältig in seiner Hosentasche. »Bestens. Wir melden uns, sobald wir erste Ergebnisse haben.«

Erst jetzt bemerkte er, dass Sheila ein schmales Heftchen aus der Handtasche gefallen und unter den Tisch gerutscht war. Er hob es auf und gab es ihr. »Hier, das wäre beinahe abhandengekommen.«

Sheila strahlte. »Vielen Dank! Das kommt davon, wenn man seinen halben Hausrat in der Handtasche rumschleppt. Wenn es ginge, würde ich auch meinen Schreibtisch da reinpacken!«

Bevor sie das Heftchen wieder einsteckte, fiel Justus das auffällige Deckblatt ins Auge. ›*Malerei der spanischen Meister – Magie aus Licht und Farbe*‹.

»Da arbeitet wohl jemand nebenbei fleißig für die Uni?«

»Wenn's nur so wäre«, winkte Sheila ab und seufzte. »Für die

Uni bleibt momentan leider viel zu wenig Zeit, vor allem jetzt, wo Mr Mitchum an mehreren Projekten gleichzeitig arbeitet. Auch das hier …«, sie deutete auf das Heft in der Tasche, »ist Teil einer Ausstellung bei *Mitchum & Ferguson.*«

»Dass es nichts mit unserer Versteigerung zu tun hat, dachte ich mir schon«, erwiderte Peter schmunzelnd.

»Gut kombiniert«, stimmte ihm Sheila lächelnd zu. »Aber auch ohne ›spanische Magie‹ wird das bestimmt eine richtig tolle Auktion am Samstag. Oh, da fällt mir noch etwas ein.« Erneut öffnete sie ihre Handtasche. »Ich habe ja ein Bild von Seanford dabei. Dann wisst ihr gleich, wie er aussieht. Hier ist es.«

Justus nahm das Foto entgegen und hielt es so, dass auch seine Freunde es betrachten konnten. »Da bin ich ja mal gespannt.«

Bob hatte vor, nur einen kurzen, betont gelangweilten Blick auf das Bild zu werfen. Doch als er den schlaksigen jungen Mann im grauen Anzug erkannte, der in lässiger Pose an einem Laternenpfahl lehnte, fiel er beinahe rückwärts vom Sofa.

»Nein!«

Der geheimnisvolle Mr Newman

Der Schock hatte Bob wie ein Vorschlaghammer getroffen. Auch Justus und Peter waren überrascht, hatten sich aber unter Kontrolle. Sheila dagegen war bei Bobs Schrei ängstlich zusammengezuckt.

»Hast du mich erschreckt! Was ist denn los?«

Rasch ergriff Justus das Wort. »Ach, Bob reagiert furchtbar allergisch auf Männer in grauen Anzügen. Ist so ein merkwürdiger Tick von ihm.«

»Ganz genau«, pflichtete Peter eifrig bei. »Ein traumatisches Erlebnis auf einem Schulball. Schlimme Sache.«

»Ach so.« Sheila sah mit einer Mischung aus Skepsis und Mitgefühl zum dritten Detektiv hinüber, der nun stumm vor sich ins Nichts starrte. »Entschuldige, das konnte ich ja nicht wissen.« Sie erhob sich und glättete den Saum ihres Kleides. »Na dann, ich muss jetzt wirklich los. Viel Erfolg und nochmals herzlichen Dank für eure Hilfe.«

Justus öffnete ihr die Tür. »Auf Wiedersehen, Sheila!«

»Und gute Fahrt!«, rief Peter ihr hinterher.

Bob, der die ganze Zeit wie versteinert auf seinem Platz gesessen und keinen Laut von sich gegeben hatte, flüsterte gepresst: »Ist sie außer Hörweite?«

»Warte noch.« Justus blickte kurz nach draußen und schloss dann sorgsam die Tür. »So, jetzt kannst du loslegen.«

Darauf hatte Bob nur gewartet.

»Skinny Norris?!?«, brüllte er zornig und fegte wütend einen

Stapel Zeitungen vom Tisch. »Sheila Masters ist mit Skinny Norris zusammen?«

»Jetzt dreh nicht durch«, versuchte Peter ihn zu beschwichtigen. »Vielleicht ist es ja nur eine unglaubliche Ähnlichkeit.«

»Oder Skinny hat einen sympathischen Zwillingsbruder, von dem wir nie was wussten«, ergänzte Justus halbherzig.

Aufgebracht zermalmte der dritte Detektiv einen harmlos herumstehenden Plastikbecher. »Quatsch, diese Visage erkenne ich doch mit verbundenen Augen! Ich muss sofort zu Sheila und ihr sagen, dass sie auf einen hinterhältigen Hochstapler reingefallen ist!«

Bob sprang auf, doch Peter hielt seinen erbosten Kollegen mit sanfter Gewalt zurück. »Jetzt warte doch erst mal. Meinst du nicht, dass du ein bisschen zu heftig reagierst?«

»Zu heftig?« Bob starrte ihn ungläubig an. »Peter, Skinny Norris ist eine Landplage! Mit dem Ärger, den wir durch diesen Mistkerl hatten, kann man einen ganzen Wandschrank füllen!«

Justus nickte. »Das stimmt. Aber bevor wir etwas überstürzen, sollten wir kurz überlegen. Immerhin könnte es doch sein, dass Skinny tatsächlich in Sheila verknallt ist. Vielleicht möchte er sich mit dem erfundenen Namen und dem ganzen anderen Kram einfach nur interessanter machen.«

»Na und?« Der dritte Detektiv schüttelte empört den Kopf. »Das ändert doch nichts an den Fakten! Unser Erzfeind Skinny Norris versucht sich mit faustdicken Lügen an Sheila ranzumachen! Vielleicht sogar, um sich über sie irgendwie in die Galerie einzuschleichen. Da sind wir doch geradezu verpflichtet ihr das mitzuteilen!«

Peter legte ihm besorgt eine Hand auf die Schulter. »Nun beruhige dich doch erst mal. Ich kann Skinny ja auch auf den Tod nicht ausstehen, das weißt du. Aber trotzdem bin ich Justs Meinung: Bevor wir Sheila informieren, sollten wir Skinny gründlich unter die Lupe nehmen.«

Justus nickte. »Wer weiß, vielleicht ist an dieser Agentursache ja wirklich etwas dran. Wir haben schließlich schon eine Weile nichts mehr von Skinny gehört. Es wäre ja möglich, dass er seit der Sache in Seven Pines endlich mal was auf die Reihe bekommen hat.«

»Erinnere mich bloß nicht daran«, murrte Bob. »Manchmal habe ich immer noch Albträume, in denen ich als Stan Silver gemeinsam mit meinem ›besten Freund‹ Skinny auf Tour bin. In der einen Hand eine Zigarette, in der anderen ein Zehn-Liter-Fass Bier!«

»Diese Manipulation war ohne Zweifel in höchstem Maße verwerflich«, stimmte der Erste Detektiv zu. »Aber wir dürfen nicht vergessen, dass hinter all der Schlechtigkeit am Ende auch so etwas wie ein guter Kern hervorgeblitzt ist.« Er griff zur Visitenkarte und betrachtete ihre Rückseite. »Auf jeden Fall scheint Skinny sein Domizil kurzfristig wieder in alte Gefilde verlegt zu haben. Die Adresse auf der Karte ist nämlich die seiner Eltern. Einem Erkundungsausflug steht somit nichts im Wege.«

Bob zeigte keine Reaktion.

»Jetzt komm schon.« Peter knuffte ihm in die Seite. »Wenn sich herausstellt, dass Skinny irgendwelche krummen Sachen vorhat, können wir Sheila ja immer noch informieren.«

Bob gab einen tiefen Seufzer von sich. »Also gut, überredet.

Aber ich kann euch jetzt schon sagen: Das Ganze stinkt zehn Meilen gegen den Wind!«

Justus lächelte erleichtert. »Falls du Recht behältst, darfst du Sheila höchstpersönlich die frohe Botschaft übermitteln.«

»Wie gehen wir denn nun zeitlich mit den zwei Fällen um?«, fragte Peter, während er die verstreuten Zeitungen aufsammelte.

Der Erste Detektiv blickte zum Radiowecker hinüber, der inzwischen halb fünf anzeigte. »Nun, zunächst werde ich mich bei Onkel Titus erkundigen, wie seine weitere Planung aussieht. Mit der Bühne sind wir ja zum Glück in Rekordzeit fertig geworden. Wenn er uns eine Weile entbehren kann, würde ich vorschlagen, Bob und ich statten der Agentur von diesem Mr Newman einen kleinen Besuch ab, während du dich zum Hafen begibst.«

»Einverstanden«, stimmte Bob zu. »Aber vorher überprüfe ich die Handynummer auf dieser *FunDango*-Karte.«

Er griff zum Telefon und schaltete den Lautsprecher ein. »Mal sehen, wer sich meldet.«

»Gute Idee«, entgegnete Peter. »Aber du rufst nicht unter deinem richtigen Namen an, oder?«

Der dritte Detektiv sah ihn mit großen Augen an. »Doch, natürlich! Ich sage: Hallo, Skinny, hier ist dein alter Kumpel Bob. Ich habe gehört, du bist jetzt Eventmanager, und da wollte ich dich fragen, ob du vielleicht den Geburtstag von Tante Mathilda organisieren möchtest!«

Peter hob eine Augenbraue. »Kann es sein, dass du wegen der ganzen Sheila-Sache ein bisschen überempfindlich bist?«

»Unsinn«, grummelte Bob, während er die Nummer wählte. Kurz darauf ertönte das Rufzeichen und nach dem dritten

Klingeln sprang der Anrufbeantworter an. Eine äußerst melodische Frauenstimme verkündete: »Guten Tag. Sie sind verbunden mit *FunDango*, der Eventagentur für gehobene Ansprüche. Leider ist unser Büro zurzeit nicht besetzt, aber Sie können uns gerne eine Nachricht hinterlassen. Wir rufen Sie dann umgehend zurück. Vielen Dank!«

Achselzuckend legte Bob den Hörer auf.

Justus rieb sich das Kinn. »Also, eine professionelle Telefonansage hat er jedenfalls. Das muss aber natürlich nichts heißen.«

Der dritte Detektiv nickte. »Eben. Ich kann mir schließlich auch auf Band sprechen, dass äh … John Cusack leider gerade außer Haus ist und sich demnächst zurückmeldet. Deshalb bin ich es ja noch lange nicht.«

»Richtig. Also müssen wir herausfinden, ob das Ganze nur Fassade ist.« Justus deutete zum Telefon. »Am einfachsten wird es wohl sein, wir hinterlassen eine Nachricht und bitten um Rückruf. Wegen irgendeiner Party oder eines Jubiläums. Dann werden wir ja sehen, was passiert.«

Peter nahm den Hörer zur Hand. »Alles klar. Ich kann ja meine Handynummer angeben – die kennt Skinny auf keinen Fall. Wenn ihr beide jetzt auf Beschattung geht, ist es wohl ohnehin besser, wenn ich den Rückruf bekomme.«

»Sehr gut!«, erwiderte Justus. »Und wenn er sich tatsächlich wegen der Feier meldet, sagst du ihm einfach, dass du inzwischen schon eine Alternative gefunden hast. Natürlich mit verstellter Stimme.«

Peter grinste. »Was du nicht sagst, Erster! Dann los, Kollegen!«

Nachdem Peter als ›Mr Brown‹ seine Anfrage auf Band gesprochen hatte, fragte Justus Onkel Titus, ob er eine Weile ohne seine drei Helfer zurechtkäme. Da nichts dagegensprach, trennten sich die drei ??? wenig später. Während Peter wie geplant in Richtung Hafen aufbrach, fuhren Justus und Bob zu Skinnys Elternhaus, um dort nach Anzeichen der ominösen Eventagentur zu suchen. Damit sie keinen Verdacht erweckten, parkte Bob seinen gelben Käfer bereits zwei Häuserblocks entfernt in einer belebten Einkaufsstraße. Der enorme Hitzestau über der Stadt hatte sich inzwischen glücklicherweise etwas verflüchtigt und die quälende Windstille war einer sanften Nordostbrise gewichen.

»Da wären wir also mal wieder.« Gespannt schaute Bob sich um. »Hausbesuch bei Skinny Norris. Hm … von weitem sieht alles so aus wie früher.«

»Ein Glück, dass sein Nachbar immer noch so ein dicht bewachsenes Grundstück hat. Hinter den Bäumen sieht uns Skinny mit Sicherheit nicht.«

Leicht geduckt pirschten sich die beiden einige Schritte weiter die Straße entlang, als eine strenge Stimme sie plötzlich zusammenzucken ließ.

»He – was drückt ihr euch hier so herum?!«

Eine erstaunlich beleibte Frau in Leggins und schreiend pinker Tunika blickte von der anderen Straßenseite aus misstrauisch zu ihnen herüber. Auf ihrem Arm thronte ein offensichtlich frisch frisierter Zwergpudel, der sich begeistert die Seele aus dem Leib kläffte.

Blitzschnell hatte sich Justus gefangen. In belehrendem Tonfall erwiderte er: »Wir drücken uns mitnichten hier herum, Madam, sondern führen ein botanisches Gespräch über die

Blütenpracht und die ausdrucksstarken Sprossachsen dieser prachtvollen Hemicrania.« Er deutete vor sich auf einen besonders farbenfrohen Busch. »Ein solches Anliegen wird ja wohl kaum verboten sein, oder?«

Die pinke Lady war sichtlich überrumpelt. »Ähm … nein, das wohl nicht.« Sie schien zu überlegen, wie sie dieses Gespräch doch noch mit einer Ermahnung beenden konnte. »Aber dass ihr da bloß nichts abpflückt! Das ist Privateigentum!«, verkündete sie mit erhobenem Zeigefinger. Dann drehte sie sich um und stapfte zum Haus zurück.

Erleichtert atmete der Erste Detektiv auf. »Komm, wir gehen lieber zur anderen Seite. Wenn diese sympathische Dame noch so einen Auftritt hinlegt, haben wir bald die ganze Straße als Publikum.«

»Sehe ich genauso«, pflichtete Bob bei. »Aber sag mal – was war das gerade mit dieser Hemidingsda? War das wirklich der Name von dem Busch?«

Justus grinste vergnügt. »Quatsch, das war nur der erstbeste Fachausdruck, der mir gerade eingefallen ist. ›Hemicrania‹ ist die lateinische Bezeichnung für Kopfschmerzen. Aber klang doch ganz gut, oder?«

»Und ob. So ernst, wie du dabei ausgesehen hast, hättest du auf jedem Gärtnerkongress auftreten können.«

Inzwischen hatten sie das gegenüberliegende Grundstück erreicht und Bob blickte vorsichtig zum Norris-Haus hinüber. »So, und was machen wir jetzt?«

»Ich schlage vor, du schlenderst mal unauffällig zur Tür und siehst nach, ob da was von *FunDango* steht.«

Bob war über diesen ungewohnt schnörkellosen Plan ziemlich verblüfft. »Äh … und was ist, wenn Skinny mich dabei sieht?«

»Kein Problem. Vorhin beim Aufbruch habe ich mir noch schnell eine von Onkel Titus' alten Mützen geschnappt.« Der Erste Detektiv zog eine zerknüllte braungelbe Cordmütze aus seiner Hosentasche hervor. »Wenn du die aufsetzt, erkennt dich deine eigene Mutter nicht mehr.«
Bob rümpfte die Nase. »Na, das will ich hoffen. Die würde ja der Schlag treffen!« Zögernd setzte er sich die unförmige Mütze auf und zog den Schirm bis knapp über die Augen herunter. »Also dann, drück mir die Daumen!«
Keine zwanzig Sekunden später war er wieder zurück. Über das Ergebnis seiner Expedition schien er sich keineswegs zu freuen.
»Da hängt neben der Türklingel tatsächlich ein kleines Schild: *FunDango/Eventagentur.* Nicht gerade nobel, sondern nur aus Plastik, aber immerhin.« Genervt nahm Bob die Mütze ab. »Jetzt aber weg mit diesem Mode-Unfall, bevor mich jemand damit sieht.«
»Gib her, ich steck sie wieder ein.« Nachdem Justus die Mütze verstaut hatte, ging er nachdenklich einige Schritte auf und ab. »Also, entweder ist es Skinny mit diesem Agenturjob wirklich ernst oder das Ganze ist Teil einer umfangreichen Täuschungsaktion.«
»Da überlegst du noch? Natürlich ist an der Sache was faul!« Der dritte Detektiv machte eine wegwerfende Handbewegung. »So ein Schild kann sich heutzutage schließlich jeder selbst drucken! Das beweist doch überhaupt nichts!«
Wieder spürte er, wie Zorn in ihm hochstieg. Skinny und ehrlich? Niemals, selbst wenn da hundert Firmenschilder nebeneinanderhängen würden! Dieser Betrüger spielte mit Sicherheit falsch und Bob würde es beweisen!

»Stellt sich nur die Frage, wie wir herausfinden, was wirklich hinter der Sache steckt«, gab Justus zu bedenken. »Mit den bisherigen Ergebnissen lässt sich ja nicht viel anfangen.«

Das war fraglos richtig. Bob zwirbelte gedankenversunken einen kleinen Zweig zwischen seinen Fingern, dann hielt er plötzlich inne und spähte über einen großen Busch hinweg.

»Ich glaube, dahinten ist gerade ein Fenster aufgegangen! Wenn wir uns vorsichtig rüberschleichen, kriegen wir vielleicht etwas mit!«

»Falls das überhaupt Skinny war.«

»Das wird sich ja zeigen. Los, wir ducken uns hinter die Hibiskusbüsche. So kommen wir ungesehen bis direkt unter das Fenster!«

Der Erste Detektiv warf einen letzten absichernden Blick zur Auffahrt, dann folgte er seinem Freund ins Dickicht.

»Na, dann mal ran an den Feind!«

In den Fängen des Gnoms

Währenddessen war Peter längst am Hafen angekommen und hatte bereits bei *Frinton's Fish* die Kühlbox mit den Lachsfilets abgeholt, die seine Mutter für das Büfett einer Wohltätigkeitsfeier benötigte.

Nun stand er wieder auf dem schmalen Pier zum Schiffsanleger, atmete die frische Luft ein und blickte auf die spiegelglatte Oberfläche des Pazifiks hinaus. Am Horizont zog eine Seeschwalbe einsam ihre Kreise. In Momenten wie diesen wurde dem Zweiten Detektiv bewusst, wie sehr er das Meer liebte. Einige Sekunden lang stand er einfach nur da und genoss das beeindruckende Panorama. Dann riss er sich los, griff in seine Hemdtasche und holte einen kleinen Zettel hervor, auf dem er die Adresse von *Gizmo's Castle* notiert hatte. Sterling Lane 17 lag nur knapp fünfzig Meter entfernt am Ende einer verwinkelten Sackgasse. Das windschiefe, aus rußgeschwärzten Schiffsplanken erbaute Häuschen sah so aus, als wenn es die Stürme mehrerer Jahrhunderte hatte kommen und gehen sehen. Vor dem Eingang ragte ein gewaltiger algenbewachsener Anker aus der Erde.

Mit einem Schaudern stellte sich Peter plötzlich vor, dass direkt unter ihm, am Ende einer Hunderte Meter senkrecht in die Tiefe führenden Ankerkette, tatsächlich der Rumpf eines Segelschiffs ruhte, das vor langer Zeit mit Mann und Maus in die Tiefe gerissen worden war. Rasch vertrieb er diesen gru-

seligen Gedanken und öffnete die massive Eingangstür von *Gizmo's Castle*.
Als Erstes fiel ihm auf, dass sämtliche Fensterläden geschlossen waren. Lediglich eine schmutzige Petroleumlampe an der Decke spendete ein wenig Licht. Das chaotische Innere des Ladens mit seinen bis an die Decke reichenden Regalen kam Peter vor wie die Behausung eines kauzigen Zauberers. Alles war bis in den letzten Winkel vollgestopft mit den seltsamsten und abenteuerlichsten Dingen, die man sich vorstellen konnte: dämonische Masken, farbige Glaskugeln, Stoffballen, Gewürzdosen, unheimliche Tiertrophäen, altertümliche Landkarten, bemalte Holzfiguren, exotischer Schmuck, antike Dolche, verrostete Musketen und natürlich unzählige Sammlerstücke aus der Seefahrt – vom Modell eines britischen Dreimasters bis hin zu einer lebensgroßen Galionsfigur des Meeresgotts Neptun. Fasziniert ließ der Zweite Detektiv seinen Blick schweifen. Kein Wunder, dass Onkel Titus dieser Laden gefallen hatte!
Der durchdringende Geruch von modrigem Holz, Öl und Seetang hing in der Luft. Aber da war noch etwas anderes, wesentlich Intensiveres. Nach einem kurzen Rundumblick entdeckte Peter eine golden schimmernde Räucherschale, in der offensichtlich irgendwelche Kräuter vor sich hin qualmten. Am Ende des erstaunlich weitläufigen Raumes, nahezu völlig von einem riesigen Tresen verdeckt, hockte der Besitzer des Ladens in einem Schaukelstuhl. Mr Gizmo war ein runzeliger kleiner Mann mit Knollennase und weißem Kinnbärtchen, der Peter sofort an einen listigen Gnom erinnerte. Hinter einer riesigen Hornbrille blickten zwei wache Augen dem Neuankömmling entgegen. Der Zweite Detektiv

trat näher und zog das Päckchen Spielkarten aus seiner Tasche.
»Guten Tag! Entschuldigen Sie, haben Sie vielleicht kürzlich dieses Kartenspiel hier verkauft?«
Mr Gizmo grinste breit und entblößte dabei einige wenige noch verbliebene Zahnstumpen.
»Jaaa.«
Seine überraschend hohe Stimme glich dem schrillen Kratzen von Kreide auf einer Tafel. Irgendwie hatte sie etwas Fremdartiges, Beunruhigendes an sich. Dennoch rang sich Peter ein Lächeln ab. Der Besuch hier schien ein voller Erfolg zu werden, endlich kamen sie bei dem Fall weiter! »Und war der Käufer zufällig ein großer Mann mit langem Mantel?«
Gizmo grinste weiterhin über beide Ohren.
»Neee.«
Peter stutzte. »Äh … und können Sie mir den Käufer vielleicht beschreiben?«
»Neee.«
Immer noch dieses nervige Grinsen und dazu ein eigenartiges Glitzern in den dunklen Knopfaugen.
Peter versuchte mühsam sich nicht irritieren zu lassen, aber das fiel ihm von Sekunde zu Sekunde schwerer.
»Nicht mal, ob es ein Mann oder eine Frau war?«
»Neee.«
Keine weitere Erklärung. Nur Schweigen, Rauch und Grinsen.
Allmählich wurde Peter ärgerlich. Neee, jaaa, neee – dem hatten sie wohl als Kind die Buchstaben geklaut! Trotzdem, er musste höflich bleiben. Schließlich wollte er ja etwas von diesem seltsamen Gizmo und nicht umgekehrt.

»Hat er oder sie vielleicht noch irgendetwas anderes gewollt?«

»Jaaa.«

Erste Schweißtropfen bildeten sich auf Peters Stirn und das lag nicht an der Temperatur. Der intensive Qualm aus der Räucherschale machte ihn ganz benommen. Und dann dieser hypnotische Blick des Alten …

»Und wären Sie so freundlich mir zu sagen, was das war?«

»Neee.«

Flackernde schwarze Augen.

Peters anfängliche gute Laune war endgültig verflogen und einem Gefühl schleichender Beunruhigung gewichen. Irgendetwas stimmte hier nicht. Aus den Augenwinkeln blickte er zögernd zur Seite. Hatte sich der monströse Neptun während der letzten Sekunden etwa auf ihn zubewegt? Und dann dieser zähnefletschende Pantherkopf an der Wand. Peter hätte schwören können, dass sein Maul vorhin noch fest geschlossen gewesen war. Jetzt jedoch war es weit aufgerissen und entblößte die gewaltigen Fangzähne der Raubkatze.

Der Zweite Detektiv biss sich energisch auf die Unterlippe. Blödsinn! Er musste sich zusammenreißen. Wahrscheinlich machte ihm nur die stickige Luft zu schaffen, das war alles. Angestrengt bemühte er sich einen klaren Gedanken zu fassen. »Haben Sie zufällig … irgendetwas von Wild Bill in diesem Laden?«

Eine Weile schwieg Mr Gizmo mit unbewegter Miene. Dann verbreiterte sich sein Grinsen sogar noch.

»Jaaa.«

Wenigstens etwas, dachte Peter. Lange würde er es in dieser

gespenstischen Räucherhöhle nicht mehr aushalten. Zu allem Überfluss hatte sein linkes Auge stark angefangen zu tränen. Dieser verdammte Qualm! Hastig wischte er sich mit dem Hemdsärmel über das Gesicht.

»Und dürfte ich es mal sehen?«

Wieder eine längere Pause. Dann ein Nicken.

Gemächlich griff Gizmo nun hinter sich in einen halb geöffneten Schrank, der Peter wegen seiner seltsamen Form unangenehm an einen aufrecht stehenden Sarg erinnerte. Während der Alte darin herumwühlte, warf der Zweite Detektiv nochmals einen fahrigen Blick hinter sich. Nervös stellte er fest, dass es im Raum merklich dunkler geworden war. Und wiederum hatte er den Eindruck, dass sich der schwarz glänzende Meeresgott um einige Zentimeter in seine Richtung bewegt hatte. Neptuns rechte Hand ruhte nun allerdings nicht mehr auf seiner Hüfte, sondern umschloss einen riesigen Dreizack, den der Zweite Detektiv bis jetzt überhaupt nicht bemerkt hatte. Das schummrige Licht der Petroleumlampe warf geisterhaft tanzende Schatten an die Wände und die unheimlichen Holzfiguren in den Regalen schienen Peter plötzlich aus winzigen toten Augen anzustarren.

Inzwischen hatte Mr Gizmo irgendetwas aus dem Schrank geholt und legte es nun vor sich auf den Tresen.

»Hiiier.«

Hektisch drehte sich Peter um und sah einen abgenutzten breitkrempigen Hut vor sich liegen.

»Ein Cowboyhut? Vermutlich so einer, wie ihn Wild Bill getragen hat?«

»Jaaa.«

Mit einem widerlich schmatzenden Geräusch leckte sich Mr

Gizmo über die rissigen Lippen. Ein langer Speichelfaden troff an seinem Mundwinkel herunter und in seinen Augen flackerte es.
Der Alte kam Peter jetzt gar nicht mehr kauzig oder drollig vor, sondern widerwärtig und gefährlich. Stark musste er gegen das überwältigende Bedürfnis ankämpfen, sich einfach diesen schäbigen Hut zu schnappen und aus dem Laden zu rennen.
»Und ist er zu kaufen?«
»Jaaa.«
Eine dichte Dunstwolke hüllte nun Mr Gizmos Kopf ein. Und inmitten dieser Wolke … Peter blinzelte verstört. Hinter den wogenden Schwaden schien sich das schmale Gesicht des Alten zu verändern, breiter und unförmiger zu werden.
Und böser.
Ein eiskalter Schauer jagte Peter über den Rücken. Hastig tastete er nach der Geldbörse in seiner Gesäßtasche und riss sie heraus.
»W-was macht das?«, stieß er mit zitternder Stimme hervor.
»Zwanziiig Dollaaar.«
Der Zweite Detektiv verschwendete keine Sekunde daran, über den völlig überzogenen Preis nachzudenken, sondern schnappte sich zwei Zehner und knallte sie auf den Tresen.
»Dankeee.«
Eine knotige Hand mit gelben Fingernägeln griff aus dem Dunst und schnappte sich die Geldscheine. Ein glucksendes Kichern war zu vernehmen. Hinter den wabernden Rauchschwaden loderten Gizmos Augen grell wie glühende Kohlen. Nein, nicht wie Kohlen, sondern wie offenes Feuer.

Leuchtfeuer …

Um Peter herum begann sich die Welt zu drehen. Wie im Fieberwahn glaubte er plötzlich die Wracks all jener verunglückten Schiffe vor sich zu sehen, aus deren Holz dieses verfluchte Haus erbaut worden sein musste und deren Ladungen im Laufe der Jahrhunderte die Regale gefüllt hatten. Zahllose Schiffe und deren Besatzungen, unschuldige Männer, Frauen und Kinder – in finsteren Sturmnächten erbarmungslos ins Verderben gelockt von falschen Leuchtfeuern auf den Klippen. Alle waren sie in die schwarze Tiefe gerissen worden, und wer sich doch bis an den ersehnten Strand hatte retten können, den hatte sich dieser entsetzliche Zwerg geholt.

Peter schwankte, als er den Blick wieder auf sein Gegenüber richtete. Es war nun nicht mehr das grinsende Gesicht eines alten Mannes, das ihn aus dem Nebel heraus anglotzte, sondern eine abgrundtief hässliche Fratze, die kaum noch menschliche Züge hatte. Am schlimmsten aber war dieser Mund, der wie eine rote ausgefranste Öffnung in der Mitte klaffte. Schockiert glaubte Peter zu erkennen, dass die kleinen Zahnstumpen nun länglich und spitz aus diesem grinsenden Loch herausragten wie die Zinken einer schmutzigen Harke.

Ruckhaft beugte sich der Alte vor.

»Und – soll ich dich jetzt einsargen?«

Peter blieb vor Entsetzen fast das Herz stehen. Der Schock hatte ihn am ganzen Körper gelähmt.

»Wa- was?!?« Er starrte panisch auf den seltsam geformten Schrank hinter dem Tresen. »Was haben Sie da gesagt?«

Der Alte legte fragend den Kopf schief.

»Na, ob ich ihn dir einpacken soll.«

Der Mann deutete auf den Hut und lächelte. Plötzlich sah er gar nicht mehr erschreckend aus, sondern wieder wie ein harmloser alter Mann mit knolliger Nase und Hornbrille. In seinen Händen hielt er eine braune Papiertüte. Die Räucherschale war verschwunden.

»N-nein danke!«, brachte Peter stockend hervor, während er allmählich seine Erstarrung überwand. Wie in Trance griff er mit der einen Hand den Cowboyhut, mit der anderen die auf dem Boden stehende Kühlbox, drehte sich langsam um und ging an den düsteren Regalen entlang zum Ausgang. Als er bereits die Klinke in der Hand hielt, ertönte hinter ihm nochmals die krächzende Stimme.

»Ich würde mich freuen, wenn du mich bald wieder besuchen kommst!«

Nachdem sich die Tür knarrend hinter ihm geschlossen hatte und das warme Licht der kalifornischen Sonne ihn wieder umschloss, schien alle Angst und Anspannung mit einem Schlag von Peter abzufallen. Es kam ihm so vor, als wäre er gerade aus einem bösen Traum erwacht, dessen Bilder aber immer noch nachwirkten. Dankbar sog er die klare Seeluft in seine Lungen. Erst allmählich begann sein Pulsschlag sich wieder zu verlangsamen.

Der Rauch … Diese entsetzlichen Kräuter …

Irgendetwas musste in ihnen enthalten gewesen sein, dessen war er sich jetzt sicher. Irgendetwas, das ihn völlig hatte wegtreten lassen. Aber warum das Ganze? Ungläubig schüttelte er den Kopf. Was auch immer gerade dadrin passiert war – ihn würden keine zehn Pferde dazu bringen, jemals wieder dieses Horrorhaus zu betreten! In dem Moment klingelte sein Handy und der Zweite Detektiv zuckte zusammen.

Geistesabwesend zog er es aus seiner Hosentasche. Er fühlte sich immer noch ganz benommen.

»Hallo?« Als er überrascht erkannte, wer ihn da anrief, senkte Peter rasch seine Stimme und brummte: »Ja genau, Mr Brown hier. … Richtig, ich hatte mich bei Ihnen wegen eines Firmenjubiläums gemeldet. … Aha? … Oh, das ist natürlich Pech. Nein, machen Sie sich keine Mühe, ich werde mich selbst nach Ersatz umsehen. Dann vielen Dank für Ihren Anruf!« Er legte auf und steckte das Handy wieder ein.

»Wenn das keine Neuigkeiten sind!«

Feindgebiet

Zur selben Zeit lagen Bob und Justus, versteckt hinter einem riesigen Hibiskusbusch, unter dem Fenster des Norris-Hauses auf der Lauer.

»Es ist wirklich Skinny!«, flüsterte der dritte Detektiv triumphierend. »Hört Musik und telefoniert. Seine Eltern scheinen wohl nicht da zu sein.«

In der Tat drangen dumpfe Bassrhythmen aus dem Zimmer, sie waren aber glücklicherweise nicht so laut, als dass sie die Stimme ihres Erzfeindes überdeckt hätten. Skinny schien sehr aufgebracht zu sein.

»Ist doch Schwachsinn, du musst nur richtig zuhören, Felicity! Es kommt bei der Sache auf Details an und da ist es eben ein Unterschied, ob du ein S-61 oder S-63 besorgt hast! Bei einem Winkel von über hundertsechzig Grad bricht dir ein 61er doch glatt durch! ... Jetzt fang nicht wieder mit dieser Tour an – wenn du glaubst, ich nuschele, dann frag gefälligst nach, bevor du irgendwelchen Mist anschleppst! ... Hör auf rumzuzicken und tausch das Teil um, klar?! Wir treffen uns dann heute Abend um elf bei *Chester & Company*. Und vergiss die DVDs nicht. Mir fällt hier vor Langeweile die Decke auf den Kopf!« Er knallte den Hörer auf die Gabel. »Warum zum Henker können Frauen nicht zuhören?«

Justus lächelte zufrieden. »Na, das war doch schon mal eine ganze Menge.«

In diesem Moment ertönte das quäkende Klingeln eines

Handys. Erschrocken zuckte Bob zusammen. »Verdammt! Das ist meins!«

»Los – hau ab auf die Straße mit dem Ding!« Der Erste Detektiv ruderte wild mit den Armen.

Hastig bahnte sich Bob einen Weg durchs Unterholz und versuchte dabei so leise wie irgend möglich zu sein. Wäre es ihm gelungen, im Laufen seine Hand in die enge Jeanstasche zu bekommen, hätte er das Handy längst ausgeschaltet. So aber musste er zunächst einen ausreichend großen Sicherheitsabstand zwischen sich und Skinnys Fenster bringen. Als ihm die Distanz groß genug erschien, hielt er keuchend inne und zwängte sein Mobiltelefon hervor.

»Äh – ja hallo? … Ach du, Peter! Musste das ausgerechnet jetzt sein?! … Jaja, ich hab es aus Versehen angelassen. Was gibt's denn so Dringendes? … Aha. … Wie bitte? … Verstehe ich nicht. … Was? … Ja. … Ja, okay, ich sag Just Bescheid. Bis nachher dann!«

Während er das Handy wieder einsteckte, schob sich Justus keuchend zwischen zwei widerspenstigen Ästen hindurch. Verärgert schüttelte der Erste Detektiv den Kopf.

»Bob! Wir sollten aus der jüngsten Vergangenheit doch wohl gelernt haben, dass …«

»… klingelnde Handys sich nicht mit Abhöraktionen vertragen, schon klar. Ich hab's einfach vergessen. Peter war auch ziemlich irritiert, weil er mir eigentlich nur auf die Mailbox sprechen wollte.« Er zögerte und deutete fragend zum Haus hinüber. »Und? Hat Skinny was gemerkt?«

Justus wischte sich schwer atmend den Schweiß von der Stirn.

»Sah nicht so aus. Nach dem Telefonat hat Skinny die Musik zum Glück noch lauter aufgedreht. Was wollte Peter denn?«

»Den ersten Teil habe ich nicht ganz verstanden – irgendwas mit bösen Fratzen und einem Gruselgnom. Scheint wohl gerade ziemlich durch den Wind zu sein. Na ja, aber der zweite Teil war dafür umso klarer.«
»Nämlich?«
»Wir wissen jetzt definitiv, dass an der Skinny-Sache was faul ist. Vorhin hat nämlich eine Miss Talbot angerufen und Peter gesagt, dass sie unseren Auftrag nicht übernehmen könnten, weil die Firma momentan überlastet sei.«
»Und gleichzeitig beschwert sich Skinny bei dieser Felicity, ihm sei stinklangweilig! Tja, so wie es aussieht, scheint das Ganze tatsächlich ein großer Schwindel zu sein. Und das Schild an der Tür ist vermutlich nur ein Trick, falls Sheila doch mal unaufgefordert vorbeikommt.«
Bob nickte grimmig. »Skinny ist also immer noch ganz der Alte.«
In dieser Sekunde knackte es im Dickicht und eine schlaksige Gestalt brach zwischen den Bäumen hervor, in der rechten Hand einen Baseballschläger. »Das fasse ich einfach mal als Kompliment auf, Mützenclown!«
»Skinny!« Mehr brachte der völlig überraschte Justus nicht über die Lippen.
»Glaubt ihr wirklich, ich kriege es nicht mit, wenn direkt vor meinem offenen Fenster ein Handy bimmelt? War ja klar, wer da in den Büschen hockt: Sherlock Wampe und Dr. Planlos. Fehlt nur noch Schisser Shaw, um das Trotteltrio komplett zu machen. Wie wäre es, wenn ihr bei eurer nächsten Schnüffelaktion gleich mit einer Blaskapelle anrückt?«
»Spar dir den Spott, Skinny«, entgegnete Justus, der sich von

seinem Schreck erholt hatte. »Wir haben deine Machenschaften durchschaut!«
»Ach ja?« Skinny grinste herausfordernd. »Darf man fragen, wovon du da faselst?«
»Klar. Aber dafür wäre es wohl besser, wenn du uns reinbittest. Es muss ja nicht die ganze Nachbarschaft mitbekommen, was wir zu bereden haben.«
Skinny schnaufte verächtlich. »Du hast wohl Fieber! Ich denke nicht daran, euch reinzulassen.«
Bob trat einen Schritt vor. »Dann rufen wir eben sofort bei Sheila an und erzählen ihr das Neueste über *Seanford Newman*!«
Skinny wurde bleich. Verunsichert ließ er den Baseballschläger sinken. Sämtliche Arroganz und Überlegenheit waren verflogen. »Also gut, wenn das so ist … Ich meine, man kann ja mal kurz miteinander reden …«
Justus lächelte fröhlich. »Siehst du, das klingt doch schon viel freundlicher.«
Mürrisch wies Skinny zum Haus hinüber. »Na los, dann kommt schon mit!«
»Gerne!« Bob strahlte im vollkommenen Hochgefühl des Triumphes. Während sie zum Haus zurückgingen, murmelte Skinny mit wütend zusammengepressten Lippen vor sich hin.
»So ein Mist, verfluchter …«
In gespieltem Erstaunen hob der Erste Detektiv die linke Augenbraue. »Wie bitte?«
Genervt deutete Skinny auf die gemauerte Treppe. »Ich sagte: Vorsicht, Stufe!«

Mittlerweile hatte Peter die Kühlbox zu Hause abgeliefert und war wieder zum Schrottplatz zurückgekehrt. Am liebsten wäre er gleich daheimgeblieben, um sich mit irgendeiner harmlosen TV-Show von seinen düsteren Gedanken an wandelnde Galionsfiguren und mordgierige Gnome abzulenken. Aber er wusste, dass es jetzt wichtig war, das mühsam erkämpfte Beutestück eingehend unter die Lupe zu nehmen.

Da mit Bob und Justus erst später zu rechnen war, ging er zunächst zur Freiluftwerkstatt, wo Onkel Titus gerade letzte Hand an ein großes Schild mit der Aufschrift ›Herzlich willkommen!‹ legte. Er schien sich über die kleine Abwechslung zu freuen.

»Was bringst du denn da Schönes mit? Einen Cowboyhut?«

»So ist es.« Peter legte den Hut auf die Werkbank. »Möglicherweise ein Puzzleteil in einem merkwürdigen Rätsel.« Sein unheimliches Erlebnis in *Gizmo's Castle* behielt er vorerst lieber für sich. »Was sagt denn Ihr geschultes Auge zu diesem Schmuckstück? Stammt es aus der Zeit des Wilden Westens?«

Onkel Titus nahm den Hut und betrachtete ihn von allen Seiten. »Nun, auf jeden Fall ist es ein sogenannter Plainsman. Wegen seiner tiefen Krone war dieser Hut besonders für Trecks durch flaches, windiges Territorium geeignet und nicht nur bei Cowboys sehr beliebt.«

»Was Sie nicht alles wissen …«, staunte Peter.

Onkel Titus lächelte. »Nach all den Jahren in diesem Geschäft hat man so ziemlich alles schon mal in der Hand gehabt. Aber um auf deine Frage zurückzukommen …« Er klopfte ein wenig Staub von der Krempe des Hutes. »So heruntergekommen, wie er aussieht, würde ich ihm zwar zutrauen, dass er schon hundertfünfzig Jahre auf dem Buckel hat. Aber ein echter Cowboyhut wäre aus Biber- oder Kaninchenfell gefertigt und nicht aus minderwertigem Filz wie dieser. Außerdem sind die Nähte hier an der Seite eindeutig maschinell gefertigt.«

Der Zweite Detektiv seufzte. »Also Touristenkitsch. Das dachte ich mir schon.«

»Was hat es mit diesem Hut denn überhaupt auf sich? Du sagtest, er sei Teil eines Rätsels?«

»Ja, und zwar ein ziemlich idiotisches Rätsel, wenn Sie mich fragen«, erklärte Peter, während er missmutig an die *zwanziiig Dollaaar* dachte, die er dafür hingeblättert hatte. »Irgendwie soll der Cowboyhut jedenfalls mit Wild Bill zu tun haben. Sie wissen schon, dieser –«

»… berühmte Revolverheld«, ergänzte Onkel Titus. »Nun, angesichts der legendären Listigkeit von Wild Bill könnte ich mir vorstellen, dass es bei eurem Rätsel nicht um den Hut an sich geht, sondern …«

»… um irgendetwas, das sich *in* dem Hut verbirgt«, führte Peter den Satz zu Ende. Ihm war soeben eine Idee gekommen. »Und ich glaube, ich weiß auch schon, wo wir suchen müssen!« Er betastete die Innenseite des Cowboyhutes und wurde tatsächlich nach kurzer Zeit fündig. »Na bitte! Ein uralter Trick: Verstecktes Papier hinter dem Schweißband. Nanu?« Er betrachtete verdutzt den kleinen Zettel.

»Und? Was steht drauf?«

Verwirrt reichte Peter ihm das Papier. »Nur eine einzige Zahl: Zehn.«

Onkel Titus kratzte sich nachdenklich hinter dem Ohr. »Zehn? Hm … Tut mir leid, aber da muss ich passen.« Er hielt kurz inne, dann lächelte er. »Aber ich weiß jemanden, der dir garantiert mehr dazu sagen kann.«
»Wirklich? Wen denn?«
»Abner Hunnicutt.«
»Wie bitte?«, entfuhr es Peter. »Der verrückte Abner? Der ist doch mit Abstand Ihr nervigster Kunde und kommt ständig mit irgendwelchem wertlosen Krempel an!«
»Das schon, aber gleichzeitig ist er eben auch ein Riesenfan der amerikanischen Geschichte, insbesondere der Zeit des Wilden Westens. Letzten Monat wollte er mir zum Beispiel die ›original Lederstiefel‹ von General Custer andrehen, die er angeblich günstig bei einem Garagenverkauf erstehen konnte. Der Kram war natürlich reinster Plunder, aber die Einzelheiten, die er mir über Custers Werdegang und die Schlacht am Little Big Horn erzählen konnte, waren wirklich erstaunlich.«
»Und Sie meinen, dass er sich auch mit der Geschichte von Wild Bill auskennt?«
»Ganz sicher. Ich war mal bei ihm zu Hause, weil ich einige ›garantiert echte Cheyenne-Halsketten‹ reklamieren musste, die er mir kurz zuvor angedreht hatte. Das war in der Anfangszeit, als ich Abners sonderbares Verständnis von Warengüte noch nicht kannte. Na, jedenfalls sieht es bei ihm im Wohnzimmer aus wie in einem Antiquariat: überall Bücher, Aufsätze, Biografien und Bildbände über die Geschichte der Pionierzeit und des Wilden Westens.«
Peter warf einen nachdenklichen Blick auf den Cowboyhut. Die drei ??? wurden mit der Lösung eines merkwürdigen

Westernrätsels beauftragt und gegenüber wohnte ein schrulliger Kauz, dessen größtes Hobby der Wilde Westen war. Konnte das nur Zufall sein?

In diesem Moment erklang aus der Ferne die vertraute Stimme von Tante Mathilda: »Tiiitus! Kundschaft für dich!«

Mit einer entschuldigenden Geste wies Onkel Titus nach draußen. »Tja, mich ruft die Pflicht.« Er krempelte die Ärmel seines Hemdes herunter und zupfte den Kragen zurecht. »An deiner Stelle würde ich gleich mal zu Abner rübergehen. Der freut sich immer über Besuch und bei Wild Bill kann er dir bestimmt weiterhelfen.«

»Das mache ich«, erwiderte Peter. »Und nochmals vielen Dank für den Expertenrat zum Plainsman!«

»Gern geschehen. Viel Erfolg bei der weiteren Recherche!«

Nachdem Onkel Titus in Richtung Torzufahrt verschwunden war, ließ Peter in Gedanken nochmals die sonderbaren Ereignisse der letzten zwei Stunden Revue passieren.

Was hatte das alles nur zu bedeuten?

Schatten der Vergangenheit

Währenddessen führte Skinny seine ungebetenen Besucher zur reichlich unaufgeräumten Küche, in der es nach Kaffee und abgestandenem Bier roch. Seine Eltern schienen tatsächlich schon seit längerem außer Haus zu sein. Wie beiläufig zog Skinny die Tür zum angrenzenden Wohnzimmer zu. Er schien vermeiden zu wollen, dass die beiden Detektive einen Blick in die übrigen Räume warfen. Genervt wies er auf zwei moderne Stahlrohrstühle. »Da könnt ihr euch hinpflanzen. So, und jetzt hätte ich gerne gewusst, was mit Sheila ist.«

»Genau das sollst *du* uns ja sagen«, erwiderte Justus streng. »Und keine dummen Ausflüchte. Sheila ist unsere Klientin. Wir wissen, dass du versuchst dich mit falschem Namen und falschem Job an sie ranzumachen.«

Mit finsterer Miene taxierte Bob den Erzfeind. »Spuck es schon aus: Was hast du vor?«

Gequält blickte Skinny zur Decke. »Oh Mann, warum bin ich nur mit diesen Schnüfflern gestraft?!«

Justus beugte sich vor. »Skinny! Die Wahrheit!«

»Was willst du denn noch hören? Ihr kennt die Wahrheit doch schon! Ich habe mich in die Braut verknallt, vor drei Wochen auf einer Singleparty! Soll ich euch jetzt meine Einladungskarte vorlegen, oder was?«

Bob wedelte ungeduldig mit der Hand. »Dein Partyleben interessiert uns nicht. Aber was soll dieser ganze Quatsch mit Seanford Newman?«

Skinny gab einen langen Stoßseufzer von sich, bevor er antwortete. Auch der letzte Rest der sonst für ihn so typischen Überheblichkeit war verschwunden und er hörte sich sehr kleinlaut an.
»Genau darum geht es doch, das alles hatte ich mir schon viel früher ausgedacht. Ich war schon ein paarmal auf solchen Partys, immer nur zum Spaß und mit falschem Namen. Was Ernsthaftes hatte ich nie vor. Eigentlich bin ich da nur hingegangen, um mich über die ganzen schrägen Typen lustig zu machen.«
»Welch löblicher Zeitvertreib«, erwiderte Justus mit bissigem Unterton. »Aber dann hast du Sheila getroffen.«
»Genau. Ich sah sie zur Tür hereinkommen und da hat es plötzlich ›klick‹ gemacht. Und das Beste daran: bei ihr auch! Damit hatte ich doch nie im Leben gerechnet! Blöderweise hatte mich ein anderes Mädchen bei Sheila bereits als Seanford Newman vorgestellt – Eventmanager und Kunstliebhaber.«
Der Erste Detektiv nickte. »Deine eigene Lüge kam also als Bumerang zurück.«
»Kann man so sagen.« Skinny seufzte erneut und blickte betreten zu Boden. »Eigentlich wollte ich ja alles aufklären, aber ich hatte Angst, dass sie mir dann sofort den Laufpass geben würde. Schließlich …«
»Schließlich was?«, fragte Bob scharf.
Skinny warf ihm einen genervten Blick zu. »Menschenskind, soll ich es euch aufmalen? Ich hab nun mal kein strahlendes Vorzeigeleben! Und mein Stress mit der Polizei ist ja auch nicht gerade toller Gesprächsstoff zum Flirten!« Er ließ die Hände sinken und schüttelte den Kopf. »Warum soll ich mir

was vormachen? Als Skinny Norris hätte ich doch nicht den Hauch einer Chance bei Sheila.«

Verärgert knallte Justus die falsche Visitenkarte auf den Küchentisch. »Aber mit einem Haufen Lügen doch erst recht nicht!«

»Weiß ich ja«, murmelte Skinny zerknirscht. »Aber die Ereignisse haben sich überschlagen und ich wusste nicht, was ich sonst hätte tun sollen.«

Justus deutete auf den Tisch. »Deshalb hast du dir gefälschte Karten, ein selbst gebasteltes Pseudo-Firmenschild und einen neuen Anrufbeantworter-Text zugelegt. Schließlich musste der schöne Schein ja aufrechterhalten bleiben.« Der Anflug eines Grinsens huschte über sein Gesicht. »Zumindest bist du deinen Anfangsbuchstaben treu geblieben. SN – das hatten wir doch schon mal, stimmt's?«

Auch Skinny lächelte schwach. »Inzwischen markiere ich meine Taschenlampen aber nicht mehr.«

Bob schnippte angriffslustig einen Kronkorken von der Tischkante. »Soso, das Ganze hatte also ausschließlich mit Sheila zu tun und von *Mitchum & Ferguson* hast du natürlich rein gar nichts gewusst!«

»Ferguson?« Skinny hob irritiert die Augenbrauen. »Ach so, dieser komische Bilderladen.«

»Eine der renommiertesten Kunstgalerien in ganz Kalifornien, um präzise zu sein«, korrigierte Justus.

»Von mir aus«, winkte Skinny ab. »Ich hab davon jedenfalls zum ersten Mal gehört, als Sheila mir auf der Party von ihrem Job erzählt hat. Und da war ich schon so in sie verschossen, dass sie meinetwegen auch FBI-Agentin hätte sein können.«

»Ist ja gut – wir haben's kapiert!«, zischte der dritte Detektiv gereizt. Er ballte die Fäuste in den Hosentaschen. Die vergangenen Minuten waren komplett anders verlaufen, als er es erwartet und erhofft hatte. Ein reuiger Skinny mit aufrichtigen Gefühlen passte ihm überhaupt nicht ins Konzept. Wo war denn der durchtriebene Gauner geblieben, vor dem er Sheila ritterlich in Schutz nehmen wollte? Angestrengt dachte Bob nach. Irgendetwas musste sich einfach finden lassen, um Skinny doch noch zu überführen. Dann fiel ihm plötzlich etwas ein.

»Und was war das vorhin bei deinem Telefonat? Die Sache mit den S-61ern?«

Skinny zögerte verblüfft. »Das habt ihr auch schon mitgekriegt? Aber Fehlanzeige, da ging's nur um übergroße Büfettplatten, nichts Besonderes.«

»Wie bitte?«, fragte Justus überrascht.

»Na, Büfettplatten eben. Eine Bekannte soll mir die besorgen, damit ich ein bisschen was zur Dekoration ins Zimmer stellen kann, wenn Sheila demnächst zu Besuch kommt.«

»Damit es so aussieht, als ob du wirklich Material für deine aufstrebende *FunDango*-Agentur hast«, ergänzte der Erste Detektiv. »Aber dieses Versteckspiel kannst du doch nicht ewig so weitertreiben! Irgendwann kommt sowieso alles raus!«

»Du hast ja Recht«, räumte Skinny ein. »Ich habe ja auch vor, ihr die Wahrheit zu sagen. Irgendwann, wenn der Zeitpunkt günstig ist.«

Bob verengte die Augen. Sein Blick war eiskalt. »Wie wäre es mit jetzt sofort?«

Entsetzt fuhr Skinny hoch. »Unmöglich! Das … das geht

nicht! Ich muss ihr das Ganze doch schonend beibringen, so Stück für Stück. Wenn ich sie jetzt anrufe und sage, dass fast alles an mir erlogen ist, legt sie doch schneller auf, als ich *Fun-Dango* sagen kann!«

Er blickte flehend von Bob zu Justus. »Bitte, lasst mir noch ein oder zwei Tage Zeit, damit ich die Sache richtig anpacken kann. Wenigstens bis Samstag.«

»Hm …«, murmelte der Erste Detektiv nachdenklich.

»So viel ist das doch wirklich nicht. Ich bitte euch einfach nur, fair zu sein!«

Jetzt platzte Bob der Kragen. »Fair?«, rief er wütend. »Ausgerechnet du redest von Fairness? Du weißt doch nicht mal, was das ist!«

Skinny sah ihn ernst an. »Wirklich?«

Nur dieses eine Wort, aber es hatte eine enorme Wirkung. Der dritte Detektiv hielt inne und wandte den Blick ab. Er wusste nur zu gut, worauf sein Erzfeind anspielte. Die einstürzende Fabrik, aus der Skinny ihm herausgeholfen und damit vermutlich sein Leben gerettet hatte. Ein unbehagliches Schweigen setzte ein, lediglich durchbrochen vom leisen Ticken der Küchenuhr. Dann atmete Skinny tief ein und senkte den Kopf. Es war ihm deutlich anzumerken, wie schwer ihm die folgenden Sätze fielen. »Ich verstehe ja, dass ihr in mir nur das Schlechte seht. Wir hatten wirklich eine verdammt miese Zeit miteinander. Und davon ist wohl ein Großteil auf meinem Mist gewachsen …«

Justus räusperte sich laut.

»Also schön – der größte Teil«, gab Skinny zu. »Aber hier geht es nicht um irgendwelche alten Feindschaften oder offene Rechnungen, sondern darum, dass ich Sheila nicht verlieren will.« Er rang hilflos die Hände. »Sie ist mit Abstand das Beste, was mir jemals im Leben passiert ist, und vielleicht verdiene ich es überhaupt nicht, mit ihr glücklich zu werden. Aber lasst das bitte sie entscheiden und nicht meine Vergangenheit.«

Immer noch schwiegen Justus und Bob.

»Kommt schon – wenn ihr eine Entschuldigung wollt, dann entschuldige ich mich, und wenn ihr mein Versprechen wollt, dass ich mich ändern werde, dann verspreche ich es euch. Aber gebt mir diese eine Chance, damit ich beweisen kann, dass ich es mit Sheila ernst meine!«

»Tja, wenn man die Sache so sieht …« Justus schaute zu Bob hinüber. »Was meinst du?«

Der dritte Detektiv blickte mit steinernen Gesichtszügen nach draußen. Am liebsten hätte er Skinny laut ins Gesicht gelacht, Sheila angerufen und alles auffliegen lassen. Dann wäre es aus gewesen zwischen ihr und diesem aufgeblasenen Wichtigtuer!

Doch eine leise Stimme in seinem Inneren sagte ihm, dass dieser aufgeblasene Wichtigtuer gerade sehr mutig gewesen war und dass seine ehrlichen Worte Respekt verdient hatten.

»Also gut«, sagte er kaum hörbar.

Justus nickte. »Okay, wir geben dir zwei Tage Schonfrist, Skinny. Keinen Tag länger. Spätestens Samstagabend informieren wir Sheila, ganz egal ob du ihr dann schon gebeichtet hast oder nicht!«

»Vielen Dank, Jungs!«, rief Skinny in grenzenloser Erleichterung. »Das werde ich euch nie vergessen. Ehrlich!«

»Jaja, warten wir's ab«, murmelte Bob und stand auf. »Komm, Just.«

Beim Rausgehen drehte er sich noch einmal zu Skinny um und sagte in ruhigem, festem Tonfall:
»Aber sollten wir herausfinden, dass du doch irgendeine faule Nummer mit Sheila abziehst, dann kannst du dich jetzt schon auf was gefasst machen.«

Als sie wieder im Freien waren, legte Justus seine Hand auf Bobs Schulter. »Ich weiß, wie schwer dir das eben gefallen ist. Aber glaub mir, es war die richtige Entscheidung.«
Gedankenverloren kickte Bob einen Kieselstein beiseite. »Ich hoffe sehr, dass du Recht behältst.«

Das Rätsel der Zehn

Auf dem Weg zu Mr Hunnicutts Haus hatte sich Peter mehrere Varianten überlegt, wie er vorgehen könnte. Schließlich entschied er sich dafür, einfach geradeheraus seine Frage zu stellen und dann schnellstmöglich den Rückweg anzutreten, um nicht unversehens in irgendwelche dubiosen Verkaufsgespräche zu geraten. Nachdem er geklingelt hatte, dauerte es nur wenige Sekunden, bis sich knarrend die Tür öffnete und ein verwunderter Abner Hunnicutt auf der Schwelle erschien.

»Ja bitte?«

»Guten Tag, verzeihen Sie die Störung, aber ich könnte Ihre Hilfe bei der Beantwortung einer kleinen historischen Frage brauchen.«

Hunnicutt zögerte kurz, dann hellte sich seine Miene auf. »Ach, jetzt erkenne ich dich. Du bist doch einer der Freunde von Justus, stimmt's?«

»Ganz genau, Peter Shaw ist mein Name.« Er schüttelte dem alten Mann die Hand.

»Dann komm doch bitte rein. Ich freue mich, wenn ich irgendwie helfen kann. Ist doch unter Nachbarn ganz selbstverständlich, vor allem, wo ich mich mit Justus' Onkel doch so gut verstehe. Wir sind Geschäftskollegen, weißt du?«

»Stimmt, davon habe ich auch schon gehört«, erwiderte Peter höflich und musste sich ein Grinsen verkneifen.

Mr Hunnicutt führte den Zweiten Detektiv durch einen

kleinen Flur ins Wohnzimmer, das tatsächlich so aussah wie eine alte, stark überfrachtete Buchhandlung. Peter musste kurz an *Gizmo's Castle* denken, denn auch hier herrschte beträchtliches Chaos, jedoch war die Atmosphäre ungleich freundlicher und angenehmer. Das lag nicht zuletzt am großen Panoramafenster, durch das die Strahlen der Nachmittagssonne hereinfielen und den Raum in goldenes Licht tauchten. Auch stellte Peter erleichtert fest, dass Mr Hunnicutt offensichtlich kein Freund von Tabak oder sonstigem Rauchwerk war.

Lächelnd bot ihm sein Gastgeber einen Platz auf einem weinroten Plüschsessel an. Mr Hunnicutt setzte sich ihm gegenüber auf einen reich verzierten lederbespannten Holzstuhl, der so aussah, als hätten in grauer Vorzeit Wikingerfürsten auf ihm gethront. Wahrscheinlicher war allerdings, dass er aus irgendeinem Möbeldiscounter stammte.

Hunnicutt machte eine auffordernde Geste. »Dann erzähl doch mal, wie ich dir behilflich sein kann.«

»Also, es ist so …« Peter zog den kleinen Zettel aus seiner Hosentasche. »Meine Freunde und ich rätseln gerade an so einer Art Quiz herum und da geht es zurzeit um das Thema ›Wild Bill‹.«

»Aha, das klingt ja interessant.«

»Das Dumme ist nur, dass unser einziger Hinweis momentan dieses Stück Papier hier ist.« Peter gab den Zettel Mr Hunnicutt. Er betrachtete ihn kurz und schmunzelte dann.

»Da kann ich dir in der Tat weiterhelfen. Die Zehn bzw. ›Number 10‹ war nämlich der Name des Saloons, in dem Wild Bill während seines letzten Pokerspiels erschossen wurde.«

»Wirklich?«, fragte Peter verblüfft. »Das wäre dann ja eine Blitzlösung!«
»Doch, doch, das weiß ich ganz sicher. Der Schütze war der Büffeljäger und Goldgräber Jack McCall, der aber unter dem falschen Namen Bill Sutherland auftrat. Es wird angenommen, dass er die Tat aus Wut darüber begangen hat, dass er am Tag zuvor sein gesamtes Geld beim Pokern an Wild Bill verloren hatte, ebenfalls im ›Saloon No 10‹. Ich war sogar schon selbst dort, als ich vor drei Jahren eine mehrwöchige Rundreise durchs ganze Land gemacht habe. Eine Tour zu sämtlichen Sehenswürdigkeiten der Wildwestzeit – die Verwirklichung eines alten Kindheitstraums.« Er lächelte versonnen.
»Und den Saloon gibt es immer noch?«
»Ja, den gibt es noch. Da wird heutzutage sogar extra für die Touristen eine Wild-Bill-Show aufgeführt. Absolut großartig, kann ich dir sagen!«
Der Zweite Detektiv runzelte die Stirn. »Und in welcher Stadt gibt es diesen berühmten Saloon? Ist das hier irgendwo in der Nähe?«
»In der Nähe?« Mr Hunnicutt lachte vergnügt. »Du machst mir Spaß, Junge. Wild Bill starb in Deadwood, Lawrence County. Das ist in South Dakota, gut tausend Meilen entfernt von hier!«
»Tja, dann wird uns dieser Hinweis wohl nicht allzu viel nützen«, murmelte Peter. »Ein Tausend-Meilen-Trip sprengt definitiv unser Budget. Oder gibt es hier in Kalifornien vielleicht noch ein zweites Deadwood?«
»Nicht dass ich wüsste, tut mir leid.«
»Ist ja nicht Ihre Schuld.« Der Zweite Detektiv rang sich ein Lächeln ab. »Außerdem wäre ich ohne Ihre Kenntnisse gar

nicht erst so weit gekommen. Irgendwas wird mir schon einfallen.« Er blickte auf seine Uhr. »Ich muss jetzt auch wieder los. Vielen Dank nochmals für Ihre Hilfe!«

»Du willst schon gehen?« Hunnicutt war sichtlich enttäuscht. »Dabei könnte ich dir noch eine wunderbar erhaltene Lederweste zeigen, die Wild Bill nachweislich während seiner Zeit als Kavallerie-Kundschafter getragen hat. Die würde ich dir zu einem absoluten Freundschaftspreis überlassen!« Er kramte in einem großen Karton herum.

»Das ist ausgesprochen nett von Ihnen, aber mit Kleidungsstücken von Wild Bill sind wir gut versorgt«, wehrte Peter ab und hielt Hunnicutt zum Abschied demonstrativ seine rechte Hand hin, um ihn vom weiteren Wühlen abzuhalten.

»Oh, du hast es wirklich eilig. Aber wenn ihr noch weitere Ratschläge oder garantiert historisches Material aus der Zeit des Wilden Westens braucht, dann wendet euch ruhig vertrauensvoll an mich.«

»Machen wir. Auf Wiedersehen, Mr Hunnicutt.«

Wieder auf der Straße, dachte Peter angestrengt darüber nach, was ihm zum Stichwort ›Zehn‹ alles einfiel: die Zehn Gebote, zehn Finger, Zehnkampf, die zehn Apostel – Quatsch, das waren doch zwölf! Konzentrier dich gefälligst, Peter! Außerdem brauchte er nicht bloß irgendeine berühmte Zehn, sondern eine, die hier vor Ort oder zumindest in der Nähe war.

Und dann kam ihm plötzlich ein Gedanke: Downing Street No 10! Natürlich nicht die wirkliche Adresse des britischen Premierministers in London, sondern eine Bronzeskulptur im nördlich gelegenen Palisades Park. Ein örtlicher Künstler namens Randolph Downs hatte dieses Werk vor einigen Jah-

ren der Stadt gestiftet. Der eigentliche Titel der Skulptur war ›Tor des Südens‹, aber wegen der merkwürdigen Rahmenform und der verlockenden Gelegenheit eines platten Wortspiels war es von einem Reporter der Lokalpresse ›Downing Street 10‹ genannt worden. Dieser Name war so einprägsam gewesen, dass Downs' Werk in ganz Rocky Beach seither nur noch unter dem neuen Titel oder schlicht als ›Die 10‹ bekannt war. Und das war nicht der einzige Hinweis darauf, dass Peter sich auf der richtigen Fährte befand. Denn soeben fiel ihm ein rautenförmiger Platz ein, der westlich direkt an den Park grenzte: Sutherland Square! Der Zweite Detektiv lächelte. Ein Hoch auf den Westernexperten Abner Hunnicutt! Dann kreuzten sich bei der Skulptur also der Name des Saloons und der des Killers von Wild Bill – wenn das keine heiße Spur war!
Nachdem er Tante Mathilda Bescheid gesagt hatte, machte sich Peter wenig später auf den Weg, um der berühmtesten Zehn von Rocky Beach seine Aufwartung zu machen. Mit dem Rad brauchte er nur wenige Minuten bis zum Park und kurz darauf stand er vor dem imposanten ›Tor des Südens‹. Nun fragte er sich allerdings doch, wie wahrscheinlich es wohl war, dass der mysteriöse Rätselsteller seinen nächsten Hinweis ausgerechnet an einem so belebten öffentlichen Platz versteckt hatte. Schließlich war der Park vor allem für Familien mit Kindern ein beliebtes Ausflugsziel, ebenso für Jogger und Sonnenanbeter, die hier mittags oder nach Feierabend die Natur genossen. Peter blickte sich um. Auch jetzt tollten in direkter Nähe der Bronzeskulptur mehrere Mädchen und Jungen vergnügt über die ausgedehnten Rasenflächen, spielten Fangen oder warfen Frisbeescheiben. Nicht gerade der

ideale Ort für Geheimverstecke, dachte der Zweite Detektiv. Aber vielleicht war Mr X ja nachts hier gewesen, um irgendetwas an der Skulptur zu hinterlassen. Eine kurze Untersuchung konnte auf jeden Fall nicht schaden.

Und tatsächlich wurde Peters Spürsinn belohnt. Nach kurzem unauffälligem Abtasten des ›Tors‹ entdeckte er einen kleinen quadratischen Gegenstand, der unter einer klinkenähnlichen Ausbuchtung mit Klebeband angebracht war. Er vergewisserte sich, dass gerade kein Parkbesucher in seine Richtung sah, löste vorsichtig das winzige Päckchen ab und ließ es schnell in seiner Hosentasche verschwinden. Der Zweite Detektiv wollte lieber ungestört sein, wenn er es öffnete.

Zügig fuhr Peter zurück zum Schrottplatz und zog sich in die Freiluftwerkstatt zurück, wo er behutsam das Klebeband abwickelte. Erstaunt betrachtete er die zum Vorschein kommende tiefschwarze Streichholzschachtel, auf deren Vorderseite in weißen Lettern zu lesen war: *›The town too tough to die‹*.

Peter stutzte. *Die Stadt, zu hart zum Sterben*? Ziemlich heftiger Slogan …

Er wendete die Schachtel, um zu überprüfen, ob sich auf der Rückseite ebenfalls ein Aufdruck befand, der vielleicht einen Fingerzeig enthielt, doch er wurde enttäuscht. Es war nicht der winzigste Hinweis zu finden, auf was sich der seltsame Satz bezog. Auch das Innere bot keinerlei Anhaltspunkte: vierundzwanzig schwarze Streichhölzer mit rotem Schwefelkopf, keine Auffälligkeiten oder sonstige Abweichungen vom Standard.

Ob das nur eine Einzelanfertigung des Rätselstellers war?

Welche Stadt würde denn damit werben, dass sie zu hart zum Sterben war? Wahrscheinlicher war es wohl, dass wieder irgendeine Westerngeschichte dahintersteckte. Aber wie konnte er herausfinden, welche? Wenn er jetzt schon wieder zu Mr Hunnicutt ging, adoptierte der ihn am Ende noch.
Völlig in Gedanken versunken drehte Peter die Streichholzschachtel zwischen den Fingern hin und her.
»Und? Rätsel gelöst?«
Wie aus dem Boden gewachsen stand plötzlich der riesenhafte Fremde vor der Werkstatt.
Der Zweite Detektiv stolperte vor Schreck gegen das Wandregal und stieß dabei einen großen Becher mit Bohrschrauben um, die als silbern glänzender Sturzbach klirrend zu Boden fielen. Völlig verdattert rappelte er sich wieder auf. »Meine Güte, haben Sie mich erschreckt! Ich hätte fast einen Herzschlag bekommen!«
Nicht im Geringsten beeindruckt ging der Riese einen Schritt auf Peter zu.
»Ich stelle eine Frage niemals zweimal.«
Die Art, wie er das sagte, machte unmissverständlich klar, dass es äußerst unklug wäre, für eine Ausnahme von dieser Regel zu sorgen.
»Äh, ich … ich weiß nicht, wie weit wir schon vorangekommen sind«, erwiderte Peter schnell. »Sie haben uns ja noch gar nicht gesagt, worum es eigentlich geht.«
»Um das Rätsel.«
Der Zweite Detektiv zögerte kurz. »Ja, schon klar. Aber wo genau soll das Rätsel denn hinführen und wer hat es Ihnen überhaupt gestellt?«
Der Mann ließ keine Anzeichen erkennen, auf diese Fragen

zu antworten. Peter musste also notgedrungen weitersprechen.
»Na ja, es gab da eine Spur zu einem Laden am Hafen. Da habe ich dann einen Cowboyhut gekauft, in dem ein Zettel versteckt war. Und dieser Zettel wiederum hat mich zu einer Skulptur geführt, wo das hier hinterlegt war.« Er hielt ihm die Streichholzschachtel hin.
»Hm …« Der Riese nahm die Schachtel, betrachtete sie eingehend, nahm die Streichhölzer heraus und schob sie anschließend wieder hinein. Dann nickte er kurz. »Gut. Hier.« Er zog einen Fünfzigdollarschein aus der Innentasche seines Mantels und ließ ihn auf die Werkbank fallen. Abwehrend hob Peter die Hand.
»Nein, vielen Dank. Die drei ??? nehmen grundsätzlich kein Honorar. Sobald Justus wieder vor Ort ist, wird er Ihnen auch die ersten fünfzig …«
»Euer Job ist noch nicht beendet«, unterbrach ihn der Riese. »Löst das Rätsel. Ich komme übermorgen wieder. Bis dahin habt ihr Zeit.« Damit warf er dem Zweiten Detektiv die Streichholzschachtel zu, wandte sich um und ging.
»Ich sagte Ihnen doch, dass wir keine Bezahlung annehmen!«, brach es aus Peter heraus. »Außerdem können Sie uns doch nicht einfach irgendwelche Fristen vorschreiben, ohne uns überhaupt zu sagen, wer Sie sind!«
Der Koloss verharrte und drehte sich langsam um. Der Blick, mit dem er Peter nun fixierte, hätte einen Zug entgleisen lassen können.
»Einem McLaury schlägt niemand etwas ab.« Er bückte sich und entnahm einer mit Altmetall beladenen Schubkarre einen länglichen Gegenstand. »Siehst du das hier?«

Dem Zweiten Detektiv stockte der Atem. »Die … Lenkstange eines Motorrads«, brachte er mühsam hervor.
Mit erschreckender Leichtigkeit bog der Riese die massive Stange in der Mitte durch.
»Jetzt nicht mehr«, knurrte er und ließ sie fallen.
»Das gibt's doch nicht …«, flüsterte Peter fassungslos.
Der Koloss verschränkte die Arme vor der gewaltigen Brust. »Ich habe eine Ewigkeit gebraucht, um die Fährte des Sterns aufzuspüren. Und ihr werdet mir helfen ihn zu finden, klar? Sonst komme ich nicht erst Samstag wieder, sondern heute Nacht.«
Mit seiner prankenartigen Rechten deutete er auf Peter. »Und zwar zu dir!«

Sternensucher

Nach schweigsamer Fahrt trafen Justus und Bob wenig später wieder beim Schrottplatz ein. Dort erwartete sie Peter bereits ungeduldig. Aufgeregt erzählte er ihnen von dem Horrorerlebnis mit Mr Gizmo, dem Hinweis in dem Cowboyhut, dem Gespräch mit Mr Hunnicutt, der Streichholzschachtel im Park und natürlich von seiner letzten Begegnung mit dem finsteren Riesen. Zur weiteren Beratung zogen sich die drei wieder auf die Veranda zurück – bewaffnet mit einer randvollen Kanne köstlicher Zitronenlimonade.

»Okay, das war jetzt ziemlich viel auf einmal«, stellte Justus fest. »Versuchen wir also die Dinge ein wenig zu sortieren: Da ist zunächst unser Riese, der möglicherweise McLaury heißt und uns das präparierte Kartenspiel überreicht hat. Dieses Spiel enthält einen versteckten Hinweis auf die Westernlegende Wild Bill. Später dann erfährt Peter von Mr Hunnicutt, dass der Schütze, der ebendiesen Wild Bill beim Pokerspielen erschoss, Jack McCall hieß. Frage: Könnte es sein, dass der Riese nicht McLaury, sondern Mc*Call* gesagt hat?«

Peter schüttelte den Kopf. »Nein, es war ganz eindeutig McLaury. Ich habe auch schon im Telefonbuch nachgeschaut, aber Fehlanzeige. Hier in Rocky Beach gibt es niemanden mit diesem Namen.«

»Gut, dann können wir diese mögliche Querverbindung also abhaken. Fahren wir fort: Die Karten führen in direkter Linie zu *Gizmo's Castle*, wo Peter erfährt, dass kurz zuvor ein Unbekannter dieses Spiel erworben hat. Ob Mann oder Frau, wissen wir nicht.«

»Diese unbekannte Person ist demnach mit hoher Wahrscheinlichkeit für die McLaury-Rätsel verantwortlich – also für das Kartenspiel, den Hut und die Streichholzschachtel«, überlegte Bob.

»Wobei es zu bedenken gilt, dass erst Mr Hunnicutt den entscheidenden Tipp geliefert hat, um das Versteck der Schachtel zu finden«, ergänzte Justus.

Bob blickte auf. »Willst du damit sagen, dass dieser Hinweis vielleicht gar kein Zufall war, sondern geplant?«

»So weit möchte ich zum gegenwärtigen Zeitpunkt noch nicht gehen, aber diese verblüffende Überschneidung von Western*rätseln* auf der einen und Western*kenntnissen* auf der anderen Seite ist ja zumindest auffällig. Somit stellt sich die Frage, ob wir Abner Hunnicutt als möglichen Verdächtigen für die Rolle des mysteriösen Rätselstellers mit einem Fragezeichen versehen sollten.«

»Also, meiner Meinung nach können wir uns das sparen«, erklärte Peter. »Sicher, Mr Hunnicutt war ausgesprochen hilfsbereit, aber auf dem Silbertablett hat er mir die Lösung nicht serviert. Er konnte mir zwar mehrere wertvolle Fakten liefern, aber als wir beim Stichwort Deadwood nicht weiterkamen, hat er passen müssen und das auch ausdrücklich bedauert. Auf die Idee mit der Downs-Skulptur bin ich jedenfalls erst später gekommen.«

»Dann bleiben die Hintergründe von Mr oder Mrs X leider weiterhin im Dunkeln«, stellte der Erste Detektiv fest. »Wir wissen lediglich, dass er oder sie aus irgendwelchen Gründen unseren Riesen mit sonderbaren Rätseln aus der Zeit des Wilden Westens konfrontiert.«

»Was wir jetzt ausbaden müssen«, ergänzte Peter. »Ich kapiere das nicht. Wenn dieser Typ schon so lange gebraucht hat, um die Fährte des Sterns zu finden, wieso sucht er ihn dann nicht selber?«

Justus stutzte. »Hat er das tatsächlich gesagt?«

»Ja, hat er. Er meinte, dass es ewig gedauert hätte, ehe er auf die Fährte des Sterns gestoßen sei. Oder so ähnlich jedenfalls.«

»Dann lagen wir mit unserer ursprünglichen Vermutung also falsch«, folgerte Bob. »Der Stern ist kein Hinweis, sondern das Ziel!«

»So scheint es«, bestätigte der Erste Detektiv. »Umso wichtiger ist es zu klären, nach welchem Stern wir nun eigentlich suchen.«

»Da sich bisher alles irgendwie um den Wilden Westen gedreht hat, könnte ja ein Sheriffstern gemeint sein«, vermutete Peter.

»Vielleicht bezeichnet ›Stern‹ aber auch gar keinen konkreten Gegenstand, sondern wir müssen sprachlich an die Sache rangehen«, überlegte Bob. »Letzten Monat hat doch diese neue italienische Eisdiele in der Porter Avenue eröffnet: *Stella Cadente.*«

»… was übersetzt ›Sternschnuppe‹ bedeutet«, stimmte Justus zu. »Allerdings gäbe es darüber hinaus noch Dutzende weitere Möglichkeiten, die sich um das Zeichen oder die Metapher ›Stern‹ drehen, angefangen bei der amerikanischen Nationalflagge bis hin zum *Star Palace*-Einkaufscenter am Earl's Boulevard. Nein, Freunde – ohne weiterführenden Hinweis drehen wir uns hier im Kreis.« Er seufzte. »Verrückt … einfach völlig verrückt, das alles …«

Peter nickte. »Das kannst du laut sagen.« Er strich sich nervös durch die Haare. »Noch verrückter ist allerdings, dass dieser reizende Mr Gizmo mir mit seinem Hexenkraut ein paar richtig üble Halluzinationen beschert hat.«

Justus knetete nachdenklich seine Unterlippe. »Tja, dieses Vorkommnis ist in der Tat höchst rätselhaft. Wie du schon vermutet hast, enthielten die Kräuter offensichtlich irgendeine berauschende Substanz, die diese Wahrnehmungsveränderung erzeugt hat. Da gibt es ja eine ganze Palette an Möglichkeiten.«

»Aber dann hätte Gizmo doch selber high sein müssen«, wandte Peter ein. »Der hat das Zeug ja schließlich auch eingeatmet!«

Der Erste Detektiv zuckte mit den Achseln. »Du sagtest ja, die Räucherschale habe sehr nah bei dir gestanden, deshalb vielleicht. Genauso gut könnte es auch sein, dass Mr Gizmo einfach immun gegen dieses Kraut ist. Das alles können wir rückblickend nicht beurteilen und beweisen schon gar nicht. Faktisch hat er dir lediglich einen Hut verkauft und Kräuterqualm verbreitet. Eine echte körperliche Bedrohung hat ja nicht stattgefunden, oder?«

»Nein, das nicht«, gab Peter zu. »Aber die Angst war für mich trotzdem real!«

»Richtig, Zweiter«, pflichtete ihm Justus bei. »Mr Gizmo wollte dich gezielt in Angst und Schrecken versetzen. Die entscheidende Frage ist nur: Warum?«

»Nicht nur das«, meinte Bob. »Unklar ist auch, warum dieser McLaury sein Rätsel so schnell gelöst haben will. Wird er

vielleicht von dem oder der großen Unbekannten unter Druck gesetzt?«
»Wer sollte diesen Goliath wohl unter Druck setzen?«, fragte Peter skeptisch. »Nein, ich tippe eher darauf, dass im Hintergrund irgendeine Frist abläuft, bei der es um diesen merkwürdigen Stern geht.«
»Spekulationen über Spekulationen und nicht der Hauch eines schlüssigen Motivs in Sicht«, murmelte Justus und lehnte sich grübelnd im Sessel zurück.
»Sollen wir diesen Fall denn überhaupt noch weiterverfolgen?«, fragte Bob zweifelnd. »So wie der Typ sich aufführt, ist er kein Klient, sondern eine Bedrohung.«
»Da stimme ich dir vollkommen zu«, entgegnete der Erste Detektiv. »Allerdings habe ich das Gefühl, dass es bei dieser Sache um irgendetwas Bedeutsames geht. Daher wäre ich dafür, dass wir den Fall zunächst weiterbearbeiten, uns aber völlig offenhalten, wie wir später mit den Ergebnissen umgehen werden. Verpflichtungen gegenüber unserem Auftraggeber haben ab jetzt jedenfalls keine Priorität mehr.«
»Einverstanden«, erwiderte Peter. »Aber bis dahin verhalten wir uns so, als ob wir brav in seinem Sinne ermitteln, okay? Versteht mich nicht falsch – ich bin sonst immer für klare Verhältnisse, aber auf nächtliche Hausbesuche von King Kong würde ich gerne verzichten!«
»Keine Sorge«, beschwichtigte ihn Justus. »Vorerst läuft alles normal weiter. Wenn es gefährlich wird, können wir ja immer noch für Rückendeckung sorgen.«
Bob lächelte. »Gegenüber einem Inspektor Cotta wird sogar King Kong umgänglich bleiben.«
»Dann bin ich ja beruhigt.« Peter blickte erleichtert auf. »So,

und jetzt erzählt endlich, wie es bei Skinny gelaufen ist. Habt ihr was herausgefunden?«
Augenblicklich verfinsterte sich Bobs Miene wieder.
»Äh ja, das kann man so sagen«, antwortete Justus.
Gespannt lauschte Peter nun dem Bericht des Ersten Detektivs und staunte nicht schlecht über das offene Geständnis ihres Erzfeindes. »Wer hätte das gedacht? Skinny auf Freiersfüßen … Aber kann es sein, dass ihr von der Story nicht so recht überzeugt seid?«
Justus runzelte die Stirn und schenkte sich ein weiteres Glas Limonade ein. »Darüber bin ich mir selbst noch nicht völlig im Klaren. Das meiste klingt durchaus plausibel. Bei der Fülle an Informationen, die wir hatten, blieb Skinny ja auch nicht viel anderes übrig, als auszupacken. Allerdings hege ich den Verdacht, dass es bei der ganzen Geschichte nicht allein um romantische Gefühle geht.«
Bob stutzte verblüfft. »Davon hast du bis jetzt kein Wort gesagt!«
»Bei Skinny konnte ich das auch noch nicht, da sonst vermutlich die ganze Situation gekippt wäre«, erklärte Justus. »Die Stimmung stand ja ohnehin auf Messers Schneide. Außerdem ist es ja allenfalls eine Ahnung, mehr nicht.«
»Und was für eine Ahnung genau?«, fragte Peter.
»Diese ganze rührselige Story mit dem ›tragischen Jüngling‹, der für die Liebe lügen muss. Das war alles eine Spur zu übertrieben.«
»Übertrieben ist gar kein Ausdruck«, bestätigte Bob. »Skinny hätte ja fast geflennt!«
Peter seufzte. »Meint ihr nicht, dass ihr euch da ein wenig verrennt? Schließlich haben wir schon so unglaublich viel

Mist mit Skinny erlebt, dass wir kaum noch unvoreingenommen sein können. Also gehen wir automatisch von etwas Hinterhältigem aus, auch wenn er es diesmal vielleicht wirklich ehrlich meint.«

Justus nickte. »Unsere gemeinsame Vorgeschichte erhöht natürlich die allgemeine Skepsis. Aber das ist es nicht allein.«

»Sondern?«

Der Erste Detektiv überlegte. »Da war einfach zu viel Unechtes an seiner Körpersprache. Zu viele kleine Gesten, die aufgesetzt und theatralisch wirkten. Vielleicht irre ich mich ja auch, aber irgendetwas sagt mir, dass wir weiter die Augen offen halten sollten.«

Nachdenklich runzelte Peter die Stirn. »Wenn Skinny wirklich etwas im Schilde führt, kann es dabei doch eigentlich nur um die Galerie gehen, oder?«

»Zumindest wäre Sheila zweifellos ideal, um an Insiderinformationen über *Mitchum & Ferguson* zu kommen«, entgegnete Justus. »Dagegen spricht allerdings, dass Skinny sich bislang offensichtlich kaum mit Themen der Kunstgeschichte auseinandergesetzt hat. Sonst wäre ihm der Schnitzer mit Rembrandt sicher nicht passiert. Dennoch besteht natürlich die Möglichkeit, dass er auf eine Gelegenheit wartet, um ein krummes Ding zu drehen.«

Bob schlug die Beine übereinander. »Und was heißt das jetzt für uns? Wir haben Skinny doch unser Wort gegeben, dass wir ihm bis Samstag Zeit geben, um Sheila die Wahrheit zu sagen.«

»Korrekt. Aber ich habe *nicht* versprochen, dass wir bis dahin die Hände in den Schoß legen. Daher würde ich vorschlagen, wir schauen uns mal an, was Mr Norris heute Abend noch so spät bei *Chester & Company* treibt. Dort will er sich ja um elf mit dieser Felicity treffen.«

»*Chester & Company?*«, fragte Peter. »Das ist doch diese kleine Baufirma in der Old Malibu Road.«

»Genau.« Justus stand auf und sah konzentriert auf die Stadtkarte von Rocky Beach. »Ich bin gespannt, was unser Eventmanager da vorhat.«

Der flammende Grabstein

Bevor sich die drei ??? in die weiteren Ermittlungen stürzten, fragte Justus zunächst Tante Mathilda nach dem aktuellen Stand der Auktionsvorbereitungen. Da die meisten Planungspunkte für den heutigen Tag erfüllt waren und Onkel Titus zu einem Kundenbesuch aufbrach, zogen sich Justus, Peter und Bob wenig später in die Zentrale zurück. Dort untersuchten sie eingehend die sonderbare Streichholzschachtel, kamen jedoch zu keinen neuen Erkenntnissen. Auch mit dem aufgedruckten Spruch konnte niemand etwas anfangen. Deshalb setzte sich nun der für Recherchen und Archiv verantwortliche dritte Detektiv an den Computer, um im Internet nach eventuell vorhandenen Informationen zu suchen. Wider Erwarten dauerte es nur wenige Augenblicke, bis er ein Ergebnis verkünden konnte.

»Freunde, ich hab's gefunden! ›The town too tough to die‹ ist tatsächlich ein ganz offizieller Werbeslogan!«

»Wirklich? Was für eine Stadt macht denn so eine verrückte Werbung?«, fragte Peter verblüfft.

»Das will ich dir sagen: Diese verrückte Stadt liegt im Cochise County im Süden Arizonas und trägt den klangvollen Namen Tombstone!«

»Tombstone? Da hat doch diese legendäre Schießerei stattgefunden, stimmt's?«, erkundigte sich Justus.

»Absolut richtig, Erster«, antwortete Bob, während er den Text überflog. »Um genau zu sein, die berühmteste Schießerei des Wilden Westens, geschehen am 26. Oktober 1881. Auf der einen Seite Marshal Wyatt Earp mit seinen Brüdern und Doc Holliday, auf der anderen Seite der Clan der Clantons. Alles in unzähligen Büchern beschrieben und x-mal verfilmt.«

»Wyatt Earp also«, murmelte Justus. »Der berühmteste Marshal Amerikas. Nach dem Revolverhelden Wild Bill hätten wir damit also die zweite Legende des Wilden Westens. Aber was sollen wir jetzt damit anfangen?«

»Hatten die beiden denn irgendwie miteinander zu tun?«, fragte Peter.

»Oder sind sie einander vielleicht in Tombstone begegnet?«, überlegte Justus.

Bob schüttelte den Kopf. »Sieht nicht so aus. Zumindest steht hier nichts davon. Aber Moment …« Er hielt verdutzt inne. »Ich habe da gerade etwas anderes gefunden.«

»Und was? Vielleicht einen Hinweis auf Buffalo Bill?«, fragte Justus schmunzelnd. »Dann hätten wir bald alle Westernhelden komplett.«

»Das nicht, aber ihr werdet trotzdem staunen! Gerade habe ich entdeckt, dass bei der Schießerei unter den Gegnern von Wyatt Earp auch zwei Cowboys waren. Und die hießen Frank und Tom *McLaury*!«

»Das gibt es doch nicht!«, entfuhr es Peter. »Dann ist unser Riese also …«

»… möglicherweise ein Nachkomme der berüchtigten Tombstone-Schützen«, ergänzte Justus aufgeregt. »Bob, was gibt es über die Hintergründe dieser Schießerei zu sagen?«

»Ziemlich viel und doch sehr wenig«, entgegnete der dritte Detektiv, während er weitere Links anklickte. »So wie ich das sehe, konnte man die Ereignisse nie klären. Zwar ist im Laufe der Jahrzehnte dazu eine Unmenge an Literatur und später auch an Filmen erschienen, aber das gehörte größtenteils wohl eher in die Rubrik Heldenverehrung statt Tatsachenbericht.«

»Wie meinst du das?«, fragte Peter.

»Nun«, klinkte sich Justus ein, »zur damaligen Zeit war es durchaus üblich, aufsehenerregende Ereignisse wie Auseinandersetzungen mit Banditen, spektakuläre Duelle oder auch die Gefechte während der Indianerkriege nachträglich zu regelrecht mythischen Kämpfen zwischen Gut und Böse zu überhöhen. Auf der einen Seite Recht und Ordnung, auf der anderen Seite Gesetzlosigkeit und Anarchie.«

Peter nickte. »Verstehe. Aber ganz so einfach war das wohl nicht.«

»So wie es in den seltensten Fällen eindeutig Schwarz und Weiß gibt. Das ist heute ja nicht anders als damals«, erwiderte Justus. »Aber zur Zeit der Eroberung des Westens gab es eben ein besonders starkes Bedürfnis nach glorreichen Heldenfiguren, zu denen die junge Nation aufschauen konnte. Vor allem an der bereits vollständig besiedelten Ostküste war man regelrecht versessen auf neue Abenteuerberichte von den mutigen Pionieren des Wilden Westens. Und die wurden auch fleißig geliefert – meist von eifrigen Journalisten oder reisenden Chronisten, die für Groschenhefte oder Tageszeitungen schrieben. So entstanden dann die großen Legenden und später die berühmten Westernfilme über Davy Crockett, Wild Bill, Jesse James oder Wyatt Earp, die noch heute jedes Kind in Amerika kennt und liebt.«

»Und das, obwohl vieles davon mehr Dichtung als Wahrheit ist«, schloss Peter nachdenklich.

Justus seufzte lächelnd. »So ist das nun mal mit Heldenfiguren. Sie werden für ihr Licht geliebt, nicht für ihre Schattenseiten.«
Der dritte Detektiv nahm einen großen Schluck Limonade. »Mann, Justus, das war ja ein mittlerer Soziologie-Vortrag über die Fundamente unserer Nation. Aber in Tombstone lief's wohl ähnlich ab: Bis heute herrscht größtenteils die Vorstellung, dass es bei der Schießerei um einen klassischen Kampf zwischen Recht und Unrecht ging: Auf der einen Seite die skrupellosen Clantons und die McLaury-Cowboys, denen man Viehdiebstahl, Postkutschenüberfälle und Mord vorwarf. Auf der anderen Seite der aufrechte Hüter des Gesetzes Wyatt Earp und seine Männer, die ihre Stadt mutig gegen die Banditen verteidigten.«
»Aber da gibt's sicher noch eine andere Version, richtig?«, fragte Justus.
»So ist es. Unstrittig ist zwar, dass der Clanton-Clan gegen das geltende Waffenverbot verstoßen hat, was letztlich wohl zum Auslöser für die Schießerei wurde. Aber der eigentliche Konflikt scheint sich schon lange vorher zugespitzt zu haben. Alle Einzelheiten konnte ich natürlich noch nicht durchackern, aber es gibt wohl stichhaltige Hinweise darauf, dass die Earps in einige dunkle Machenschaften verstrickt waren, beispielsweise ins Glücksspielgeschäft. Dabei sollen sie ihre Machtstellung in der Stadt rücksichtslos ausgenutzt haben, um sich Vorteile gegenüber der Konkurrenz zu verschaffen.«
Er scrollte zu einer neuen Textstelle hinunter. »Tja, und aus diesem Grund gibt es Interpretationen, denen zufolge die Schießerei in Tombstone nur dazu dienen sollte, sich unliebsame Rivalen vom Hals zu schaffen.«

Peter stieß einen erstaunten Pfiff aus. »Das klingt tatsächlich ganz anders als die bekannte Fassung. Wie ging die Sache eigentlich aus?«
»Beide McLaurys und ein Clanton starben, die Earps und Doc Holliday blieben weitgehend unverletzt. Die Fehde selber setzte sich zwar noch fort, aber das hat dann nichts mehr mit Tombstone zu tun.«
Stirnrunzelnd blickte Peter auf die Streichholzschachtel. »Also, was denkt ihr? Ob unser Riese hinter irgendetwas her ist, das beweisen würde, was sich damals bei der Schießerei wirklich abgespielt hat?«
»Nach all der Zeit schwer vorstellbar«, erwiderte Justus. »Schließlich scheint es ja schon zahlreiche Gegenversionen zu geben, nur interessiert das kaum jemanden. Daran würde auch ein neuer Beweis nichts ändern. Nein, ich glaube eher, dass es hier um eine persönliche Sache geht, die sich zwischen McLaury und dem mysteriösen Rätselsteller abspielt.«
»Nur haben wir dafür keinen einzigen Ansatzpunkt«, gab Bob zu bedenken. »Wir müssen uns also an das halten, was wir haben: Tombstone, Wyatt Earp und die McLaurys.« Er atmete laut aus und blickte auf den Bildschirm. »Das Internet ist zwar gut und schön, aber man läuft auch immer Gefahr, sich irgendwo zu verzetteln. Deshalb werde ich zu Hause mal wieder auf die altmodische Recherche zurückgreifen. Ich erinnere mich, dass Dad in seinem Arbeitszimmer so einen Wälzer über die Geschichte des Wilden Westens im Regal hat. Da steht garantiert auch etwas über Tombstone drin.« Er blickte auf seine Armbanduhr. »Für einen Besuch in der Bibliothek ist es heute ohnehin zu spät.«
»Das stimmt.« Justus gähnte erschöpft. »Außerdem sollte sich

jeder von uns nach dem Abendessen noch ein wenig ausruhen, um Kräfte für unseren Nachteinsatz bei Chester zu sammeln.«

Peter stand auf. »Okay, dann sagen wir: halb elf hier auf dem Schrottplatz? Ich hole euch ab.«

»Alles klar!« Bob nahm die Streichholzschachtel und verschloss sie sorgsam in der Schublade des Schreibtischs. Dann tippte er nachdenklich mit dem Zeigefinger gegen sein Kinn. »Ist euch übrigens aufgefallen, dass jetzt auch der Anstecker unseres Riesen einen Sinn ergibt? Dieser lodernde Grabstein heißt im Grunde ja nichts anderes als –«

»… Tombstone in Flammen«, ergänzte Justus mit düsterer Miene. »Deutlicher kann man seinen Hass auf eine Stadt wohl kaum zum Ausdruck bringen.«

Komplikationen

Als die drei ??? gerade die Zentrale verlassen wollten, klingelte das Telefon. Justus nahm ab und schaltete den Verstärker ein.
»Hier Justus Jonas von den drei Detektiven.«
»Guten Abend, Justus! Ich bin's«, meldete sich eine fröhliche Stimme am anderen Ende.
»Hallo, Sheila! Können wir etwas für dich tun?«
»Eigentlich wollte ich nur fragen, ob ihr vielleicht schon irgendetwas herausgefunden habt.«
Justus zögerte. »Noch nichts Konkretes. Aber ich denke, dass wir in Kürze Klarheit haben werden. Wir geben dir sofort Bescheid, wenn wir Ergebnisse haben.«
»Das ist nett, vielen Dank.« Es entstand eine kurze Pause. »Es ist nämlich so: Seanford hat vorhin angerufen und mich für morgen Mittag zum Essen eingeladen. Er will mich abholen und richtig groß ausführen, mit allem Drum und Dran.«
»Das ist doch prima«, entgegnete der Erste Detektiv und warf seinen Kollegen einen vielsagenden Blick zu. »Vielleicht ergibt sich bei diesem Treffen etwas Neues. Du kannst uns danach ja anrufen und sagen, wie es gelaufen ist.«
»Gut, das mache ich. Also dann, bis morgen!«
»Bis morgen!« Justus legte auf. »Was sagt man dazu? Offenbar hält Skinny tatsächlich Wort.«
Bob blickte finster durch die offene Tür in die Abenddämmerung hinaus. »Das glaube ich erst, wenn ich es morgen von Sheila höre ...«

Wie vereinbart trafen sich die drei ??? pünktlich um halb elf wieder beim Schrottplatz und fuhren dann in Peters MG zur Old Malibu Road. Dort angekommen parkten sie in einer kleinen Seitenstraße am Fuß eines üppig wuchernden Eukalyptusgehölzes und pirschten sich an das Gelände von *Chester & Company* heran. Die Baufirma war von einer hohen Mauer umgeben, das imposante Stahltor stand jedoch offen. Da die nächste Straßenlaterne gut fünfzehn Meter entfernt war und auf dem Gelände kein Licht brannte, konnten die drei Detektive im Schutz der Dunkelheit einen Blick durch die Zufahrt riskieren.

»Alles wirkt wie ausgestorben«, flüsterte Bob. »Nur im kleinen Häuschen dahinten ist Licht.«

Justus nickte. »Wahrscheinlich Chester, der auf seinen Besuch wartet.«

»Da kommt ein Wagen!«, zischte Peter aufgeregt.

Schnell versteckten sich die drei in einer engen Nische zwischen der Mauer und einem kleinen Müllcontainer voller Bauschutt. Unmittelbar darauf wurde die Straße von zwei grellen Scheinwerferkegeln in kaltes Licht getaucht und wenig später parkte ein grüner Kombi direkt neben der Einfahrt.

»Der Honda gehört jedenfalls nicht Skinny«, stellte Justus fest. »Eine rothaarige Frau steigt aus.«

»… und geht zum Büro«, ergänzte Bob. »Das wird wohl diese Felicity sein.«

Der Erste Detektiv nickte. »Fehlt also nur noch unser Mr Newman.«

»Aber bis der kommt, könnten wir doch wieder aufstehen, oder?«, fragte Peter gequält. »Hier unten wird's mir langsam zu eng.«

»Klar, vom Büro aus kann man uns ja nicht –« Justus verharrte und blickte seitlich am Container vorbei zur anderen Straßenseite hinüber. »Nein, alles unten bleiben!«

»Was ist denn?«

»Da drüben bei dem Wohnblock ist gerade eine Tür aufgegangen. Wartet mal eben.« Er spähte erneut um die Ecke und lauschte angestrengt.

Allmählich wurde Peter ungeduldig. »Ist da nun jemand oder nicht?«

»Und ob da jemand ist«, entgegnete Justus. »Sogar gleich zwei! Sieht wie ein Pärchen aus, das sich voneinander verabschieden will.«

»Dann sollen die sich ranhalten – mir schläft mein Fuß ein!«

Wieder blickte der Erste Detektiv zum gegenüberliegenden Hauseingang hinüber. »Im Moment sieht es eher nicht so aus, als wären die bald fertig. Scheinen wohl frisch verliebt zu sein.«

Peter stöhnte leise. »Verliebt oder nicht – in spätestens zehn Sekunden muss ich aufstehen, sonst stirbt mir mein Fuß ab.«

»Halt dich bloß zurück! Wenn jetzt plötzlich eine dunkle Gestalt hinter dem Müllcontainer hervorspringt, kreischt das Mädchen doch die gesamte Mieterschaft aus den Betten! Von Chester mal ganz abgesehen.«

»Jaja, ist ja gut«, erwiderte der Zweite Detektiv mit einem Stöhnen. »Ich wollte ja nur höflichst darauf hinweisen, dass ihr mich dann nachher zum Auto tragen müsst.«

»Jetzt stell dich nicht so an!«, fauchte Bob. »Wer von uns ist denn hier das Sport-Ass?«

Peter schüttelte verärgert den Kopf. »Was hat denn das damit zu tun? Wenn du einen Sprint-Olympiasieger auf einer Fläche von einem viertel Quadratmeter zusammenfaltest, dann nützt dem seine Fitness ja wohl auch nichts, oder?«

»Könntet ihr vielleicht mal ruhig sein?«, zischte Justus. »Wie soll ich denn bei eurem blöden Gezanke etwas verstehen?«

Eine Weile lang schwiegen die drei und lauschten angespannt dem nicht enden wollenden Geturtel des jungen Paares:

»Schwör es mir: Du wirst nur mich lieben, mich und keine andere, bis ans Ende aller Tage.«

»Bis ans Ende der Zeit und darüber hinaus, Darling!«

»Ach Liebster, in deinen Armen hört die Zeit auf zu existieren …«

Aber nicht für den Rest der Welt, ganz besonders nicht für den Teil hinter dem Müllcontainer!, dachte Peter genervt. Mit zusammengebissenen Zähnen versuchte er verzweifelt sich von den immer brennenderen Schmerzen in seinem Fuß abzulenken, doch lange würde er es in der engen Hocke nicht mehr aushalten können. Schließlich kam ihm der rettende Einfall. Unter großen Qualen entwand er der rechten Hosentasche sein Handy.

Fassungslos blickte Bob ihn an. »Was soll das denn werden? Du willst doch jetzt nicht telefonieren, oder?«

»Keine Sorge«, stöhnte Peter. »Ich hole … uns nur aus dieser Hölle raus …«

Jetzt wurde auch Justus aufmerksam. »Was hast du denn vor?«

»Klingelton … Hund … Angst machen …«, presste der Zweite Detektiv stockend hervor. Zu weiteren Erklärungen fühlte er sich nicht mehr in der Lage. Während Bob und Justus noch rätselten, ob Peters eingeschlafener Fuß sich jetzt auch auf die Sauerstoffversorgung seines Gehirns ausgewirkt haben könnte, ertönte plötzlich ein aggressives Bellen. Allerdings nicht von der Straße her, sondern aus dem Mobiltelefon in Peters Hand.

Auf der gegenüberliegenden Straßenseite war prompt ein erschrockenes »Huch!« zu hören. »Woher kommt denn das?«

»Von drüben. Muss wohl der Köter vom Bau sein. Geh jetzt lieber rein, Süße. Wer weiß, ob die den vernünftig eingesperrt haben. Ich mach mich dann auch auf den Weg.«

»Okay, Schatz. Gute Nacht! Und versprich mir, dass du von mir träumst!«

»Versprochen!«

Ein letzter Kuss, dann schloss sich die Tür und eilige Schritte entfernten sich.

Als nichts mehr zu hören war, stemmte sich Peter keuchend und unter leisen Flüchen nach oben. Auch seine Kollegen waren heilfroh die Hock-Folter endlich überstanden zu haben. Bob lächelte mühsam. »Dafür hast du dir echt einen Orden verdient, Zweiter! Noch ein paar Sekunden länger und ich hätte wohl selbst angefangen zu bellen.«

»Die waren aber auch hartnäckig, mein lieber Mann«, murmelte Justus kopfschüttelnd.

Nun rang sich auch Peter ein Grinsen ab. »Ich wusste doch, dass ich diesen blöden Hund-von-Baskerville-Sound irgendwann noch mal brauchen würde.«

»Wenn es stimmt, was der Typ eben gesagt hat, können wir nur hoffen, dass da nicht wirklich irgendwo ein Hund rumläuft«, gab Bob zu bedenken.

»Glaube ich nicht«, erwiderte Justus. »Dann hätte Chester

wohl kaum das Tor offen gelassen. Aber trotzdem müssen wir natürlich vorsichtig sein. Mit Wachhunden ist bekanntlich nicht zu spaßen.«

Der dritte Detektiv blickte verwundert auf seine Armbanduhr. »Hm … schon fast Viertel nach elf. Wo bleibt Skinny bloß? Nach dem Honda ist hier kein Wagen mehr vorbeigekommen und von der anderen Seite aus gibt es keine Zufahrt.«

Plötzlich hielt Justus inne. »Mist! Wir Trottel!«

Peter schaute ihn entgeistert an. »Was ist denn jetzt los?«

»Es hat doch niemand gesagt, dass Skinny an der Straße parken muss! Dahinten auf dem Firmengelände, gegenüber dem Büro – da steht doch sein Sportwagen!«

Bob fasste sich an die Stirn. »Und wir haben die ganze Zeit auf die Straße gestarrt und gar nicht gemerkt, dass er längst da ist!«

»Schnell jetzt, rüber zum Büro!«, raunte Justus. »Vielleicht ist es noch nicht zu spät, um etwas zu belauschen!«

Der Zweite Detektiv blickte unsicher zwischen Tor und Straße hin und her. »Meint ihr nicht, dass vielleicht jemand hierbleiben und uns den Rücken freihalten sollte?«

Justus schmunzelte. »Wie gut, dass wenigstens *einer* hier an unsere Sicherheit denkt. Ich nehme doch an, dass du dich für diese ehrenvolle Aufgabe opfern möchtest?«

»Mein scharfer Adlerblick wird über euch wachen«, erwiderte Peter mit einem breiten Lächeln.

Zwinkernd knuffte ihm Bob in die Seite. »Dann pass gut auf, dass uns niemand den Rückweg klaut!«

Die Nacht des Phantoms

Im schwachen Schein der schmalen Mondsichel liefen Justus und Bob geduckt über den asphaltierten Weg zu dem kleinen Bürogebäude hinüber. Hinter einer Zementmischmaschine fanden sie genügend Deckung, um nicht gesehen zu werden, falls plötzlich jemand nach draußen kam.

»Schade, kein Fenster offen«, stellte Bob enttäuscht fest.

»Ja, aber die Tür scheint nicht sehr massiv zu sein. Horchen wir einfach mal. Ach, bevor ich es vergesse …« Er wandte sich zu seinem Freund um. »Hast du dein Handy abgeschaltet?«

Grinsend klopfte Bob auf seine Hosentasche. »Abgeschaltet, verkorkt und versiegelt.«

»Dann kann es ja losgehen.«

Gespannt horchten die beiden in die Stille hinein. Tatsächlich konnten sie deutlich die Stimmen dreier Personen unterscheiden. Im Augenblick schien Felicity zu sprechen.

»… wirklich optimal. Was die Bedingungen angeht, läuft also alles planmäßig.«

Nun erklang Skinnys Stimme. »Mit der Rückfahrt geht auch alles klar?«

»Ja, keine Probleme.«

»Okay, dann können wir Bereich eins ja abhaken.«

»Na bravo!«, flüsterte Justus verärgert. »Da haben wir wohl schon einiges verpasst.«

»Gut, dann müssten Sie mir jetzt nur noch die relevanten

Höhenangaben nennen«, erwiderte eine tiefe Männerstimme, vermutlich Mr Chester.
»Ja, natürlich. Die Unterlagen und Skizzen sind alle in dieser Mappe hier.«
Es raschelte. Nach einer kurzen Pause war wieder Chester zu hören. »Hm … Wie ich sehe, sind es weit über vier. Wahrscheinlich eher fünf bis sechs.«
»Was kommt denn da überhaupt in Frage?«, erkundigte sich Skinny. »Ist ja schließlich kein Kleinformat.«
»Wenn ich es richtig einschätze, gäbe es wohl zwei Möglichkeiten«, entgegnete Chester. »Es käme allerdings auch darauf an, wie es mit der Standfestigkeit und eventuellen Unebenheiten aussieht. Also der gesamte statische Bereich. Haben Sie dazu schon Informationen?«
»Soweit ich weiß, gibt es da nichts Besonderes zu berücksichtigen«, antwortete Felicity.
Jetzt waren ein kurzes Schnaufen und ein seltsam kehliges Rumoren zu hören.
»Ist ja gut, Alter. Nachher drehen wir noch mal unsere Runde«, murmelte Chester begütigend.
Justus drehte sich zu Bob um. »Den Hund gibt's also tatsächlich. Aber wenigstens ist er dadrin.«
»Zum Glück! Dann wissen wir zumindest, dass er sich nicht hier draußen herumtreibt.«
Nach einer kurzen Pause ergriff Chester wieder das Wort.
»Unter den gegebenen Umständen und bei dieser Größenordnung würde ich Ihnen den *Peak Drifter* empfehlen. Der passt sowohl vom Leistungsniveau als auch vom Format her genau in Ihr Schema. Allerdings müsste ich dafür erst die Hydraulik und das Equipment prüfen. Hier und da hat er immer

mal so seine Macken, aber bis zum späten Nachmittag kriege ich den auf jeden Fall hin.«
»Perfekt«, erwiderte Felicity.
»Was schätzen Sie denn, wann wir ihn abholen können?«, fragte Skinny.
»Nun, ich denke, allerspätestens gegen halb sechs müsste ich ihn auf Vordermann gebracht haben.«
In diesem Moment tippte Bob dem Ersten Detektiv hektisch auf die Schulter. »Just!«
»Mann, willst du mich zu Tode erschrecken? Was ist denn?«
»Ich glaube, dahinten bei dem Bagger hat sich gerade etwas bewegt!«
Justus verdrehte ungeduldig die Augen. »Könntest du vielleicht eine Winzigkeit präziser werden?«
»Na, da war ein Geräusch und auch ein Schatten, glaube ich.«
»Was soll das heißen, du *glaubst*?«
»Bei dieser Dunkelheit kann man doch kaum was erkennen und außerdem ging das alles so schnell. Aber irgendwas war da, ganz bestimmt! Rechts von der großen Garage, zwischen dem Bagger und dem Bulldozer.«
Justus blickte in die gewiesene Richtung, konnte aber nichts entdecken. »Der Hund kann es ja nicht sein. Vielleicht eine streunende Katze?«
»Glaube ich nicht.«
»Ob Katze oder Ratte – wir müssen uns hier konzentrieren!«

Peter hatte währenddessen zunächst einen Abstecher zu Felicitys Honda gemacht und sich anschließend in eine günstige

und vor allem bequeme Beobachtungsposition zurückgezogen. Von dort aus konnte er sowohl das Chester-Grundstück als auch den Wohnblock samt Straße prima im Auge behalten. Plötzlich glaubte der Zweite Detektiv, am hinteren Ende des Baugeländes eine Bewegung wahrgenommen zu haben. Leise richtete er sich auf und schlich einige Meter an der Mauer entlang. Dann stellte er sich auf die Zehenspitzen und spähte vorsichtig hinüber. Der Schreck schnürte ihm schlagartig die Kehle zu.
»Oh nein …«

Im Büro ergriff inzwischen Felicity wieder das Wort. »Werden wir für die Bedienung eine längere Einweisung brauchen?«
»Ich schätze, dass wir dafür eine gute Dreiviertelstunde einplanen sollten. Die Technik ist ja nicht ganz unkompliziert, insbesondere für Anfänger.«
»Logisch«, erwiderte Skinny. »Handelt sich ja schließlich nicht um einen Rasenmäher.«
Draußen wurde Bob immer unruhiger. Erneut zupfte er an Justus' Hemd.
»Ich bin jetzt hundertprozentig sicher, dass dahinten irgendwas ist. Gegen das Laternenlicht von der Straße konnte ich deutlich eine Bewegung erkennen und das war definitiv keine Katze!«
»Ach, und wieso nicht, Herr Zoologe?«
»Keine Katze ist so groß!«
»Dann ist es eben irgendein Nachbarshund. Solange er so erfreulich stumm bleibt, habe ich damit kein Problem.« Unwillig presste Justus wieder das Ohr an die Tür.

Im Inneren vereinbarte man soeben ein neues Treffen. »Okay, ich glaube, damit wäre das Wichtigste geklärt. Wenn alle einverstanden sind, kommen wir also morgen Abend so gegen halb sechs wieder vorbei.«
»Halb sechs ist okay«, stimmte Chester zu. »Bis dahin sind auch die Papiere fertig.«
In dieser Sekunde erstarrte Bob und deutete mit zitterndem Arm zur Seite. »Das … das kann doch nicht wahr sein!«
Irritiert wandte Justus sich um. Auch er musste zweimal hinsehen, um sich davon zu überzeugen, dass ihm seine Sinne keinen Streich spielten:
Neben dem hoch in den Nachthimmel ragenden Ausleger des Raupenbaggers stand plötzlich eine breitbeinige Gestalt, auf deren Kopf deutlich die ausladende Krempe eines Cowboyhuts zu erkennen war. Und in den Händen …
»Sind das etwa Revolver?«, hauchte Bob.
Justus packte ihn am Ärmel. »Willst du hierbleiben und es rausfinden? Los, weg hier!«
Sie rannten, so schnell sie konnten. Im Zurückblicken stellte der dritte Detektiv voller Panik fest, dass die schwarze Gestalt nun die Arme ausgestreckt hatte und offensichtlich auf sie zielte. Als Bob gerade damit rechnete, den ersten Schuss aufpeitschen zu hören, knallte plötzlich die Bürotür auf und eine zornige Stimme rief:
»Churchill – fass!«
Das wütende Bellen, das nun die Stille der Nacht zerriss, ließ keinen Zweifel daran, dass es sich bei Churchill um einen riesigen Hund handeln musste. Und dieses zähnefletschende Kalb jagte nun hinter Justus und Bob her!
Es war ein äußerst ungleiches Wettrennen. So schnell die bei-

den auch zur Einfahrt hetzten, gegen das Tempo des heranpreschenden Ungeheuers hatten sie nicht den Hauch einer Chance; der höchst unsportliche Justus noch weniger als Bob. Jede Hoffnung auf Rettung schien vergebens zu sein.

Tja, Justus Jonas, schoss es dem Ersten Detektiv durch den Kopf. Da hast du es auf dem halben Erdball mit gerissenen Dieben, raffinierten Betrügern, brutalen Schlägern und legendären Gangstern aufgenommen und dann endest du sang- und klanglos als Mitternachtsgulasch für einen Baustellenköter!

Doch gerade als er das gierige Hecheln der Bestie schon in seinem Nacken zu spüren glaubte, heulte plötzlich ein Motor auf.

»Das ist Peter!«, schrie Bob heiser.

Wie eine donnernde Furie raste nun der MG aus dem Dunkel heran, wendete in einem halsbrecherischen Manöver direkt vor ihnen und die Beifahrertür wurde aufgerissen. Einen Sekundenbruchteil bevor sich der gewaltige Rottweiler im Hinterteil des Ersten Detektivs verbeißen konnte, retteten sich Bob und Justus mit einem Hechtsprung ins Innere des Wagens und Peter gab Vollgas. Erst als sie bereits mit quietschenden Reifen um die Ecke gebogen waren, schaffte es Bob endlich, über Justus hinweg auf den Rücksitz zu klettern. Keuchend blickte er durch die Heckscheibe nach draußen. Von Churchill und dem schwarzen Cowboy war nichts mehr zu sehen.

»Das … war verdammt … knapp!«, ächzte Justus völlig außer Atem.

Bob nickte schnaufend. »So einen … riesigen Hund … habe ich noch nie gesehen. Der hätte uns glatt in unsere Einzelteile zerlegt!« Erneut richtete er seinen Blick nach hinten. »Meinst du, dieser Chester oder Skinny haben uns erkannt?«

»Hoffentlich nicht. Wir waren ja schon ein gutes Stück weit weg, als sie rauskamen.« Er schaute dankbar Richtung Fahrersitz. »Und zum Glück hat Peter ja blitzschnell reagiert.«

Der Zweite Detektiv grinste. »Da könnt ihr mal sehen, wie gut es ist, wenn jemand den Rückweg sichert!«

Im Zeichen der Schlangen

Nach diesem überaus turbulenten Nachtausflug beschloss Justus ihre Einsatzauswertung auf den kommenden Vormittag zu verlegen und sich erst mal zur wohlverdienten Nachtruhe zu begeben. Zuvor klärten er und Bob ihren Retter aber noch über das merkwürdige Technikgespräch auf, das Skinny und Felicity mit Mr Chester geführt hatten. Doch alle waren zu erschöpft, um sich jetzt noch Gedanken darüber zu machen.

Am nächsten Morgen entlud sich ein leichtes Wärmegewitter über Rocky Beach, ohne jedoch für spürbare Abkühlung zu sorgen. Bereits um neun Uhr trafen Bob und Peter auf dem Schrottplatz ein, wo Justus und ein sichtlich angespannter Onkel Titus dringend ihre Hilfe bei der Befestigung einer großen Zeltplane benötigten. Als der Baldachin fest verzurrt war und Onkel Titus gerade überlegte, ob die Auktionatorbühne besser um einen halben Meter nach hinten gerückt werden sollte, wurde er von Tante Mathilda zu einem dringenden Anruf ins Haus gerufen. Die drei Detektive nutzten die Gelegenheit für eine kleine Pause, setzten sich auf den stoffbespannten Bühnenrand und diskutierten über die Ereignisse der vergangenen Nacht. Jetzt erst erfuhr Peter, dass seine beiden Kollegen nicht nur vor Mr Chesters Wachhund Reißaus genommen hatten, sondern auch vor einem bewaffneten Phantom-Cowboy. Entsprechend war seine Reaktion.

»Was?!? Das ist doch wohl nicht euer Ernst! Ich dachte, der Typ, den ich gesehen hatte, war der Nachtwächter! Und jetzt erzählt ihr mir, dass ihr von einem Revolvergeist bedroht wurdet?«
»Nur die Ruhe, Zweiter«, beschwichtigte Justus. »Von einem Geist oder sonstigem paranormalen Geschöpf hat kein Mensch etwas gesagt. Außerdem hätte es gestern Nacht nun wirklich nichts mehr gebracht, dir das aufs Brot zu schmieren.«
»Genau«, stimmte Bob zu. »Du hättest dich nur unnötig aufgeregt und später schlecht geträumt.«
Peter verbeugte sich in gespielter Demut. »Oh, vielen Dank für eure Rücksicht, aber meine Träume sind momentan exklusiv für blutrünstige Gnome und psychopathische Riesen reserviert, also macht euch deswegen keine Sorgen!«
»Vielleicht bringen dich ja meine Neuigkeiten auf freundlichere Gedanken«, versuchte Bob das Gespräch in eine andere Bahn zu lenken. »Ich habe mir heute beim Frühstück mal den Wälzer meines Vaters vorgenommen und bin nach einiger Zeit tatsächlich fündig geworden.«
»Ach ja?«, horchte der Zweite Detektiv auf. »Etwas Neues über die Schießerei in Tombstone?«
»Viel besser: Ich habe endlich herausgefunden, welchem mysteriösen Stern unser Riese hinterherjagt!«
Überrascht hob Justus die Augenbrauen. »Das klingt ja großartig! Schieß los!«
»Bin schon dabei.« Bob hatte inzwischen sein Notizheft gezückt und blätterte an die richtige Stelle. »Zunächst mal gab es nach der Schießerei mehrere Gerichtsverhandlungen, in denen die Schuldfrage geklärt werden sollte. Gegen die Earps und Doc Holliday wurde zwischenzeitlich sogar Anklage

wegen Mordes an Clanton und den McLaury-Brüdern erhoben. Letztlich endeten die Prozesse zwar mit Freispruch, aber es blieben doch erhebliche Zweifel, insbesondere in der Bevölkerung von Tombstone. Ein kleines Detail ist hier besonders beachtenswert …«

Bob machte eine kleine Kunstpause und blickte amüsiert in die gespannten Gesichter seiner Kollegen.

Justus dauerte das alles zu lang. »Wenn du erwartest, dass wir erst eine La Ola zu deinen Ehren veranstalten, muss ich dich enttäuschen!«

»Geht ja schon los. Also: Im Verlauf der Verhandlungen wurde von einem der befragten Zeugen ein merkwürdiger Vorwurf erhoben. Mit der eigentlichen Anklage hatte das gar nichts zu tun und ich habe das auch nur zufällig in einem kleinen Nebenabsatz gefunden.«

Auch Peter wurde langsam ungeduldig. »Nämlich?«

»Nun, laut dem Vorwurf soll sich Wyatt Earp nach der Schießerei widerrechtlich einen Gegenstand aus dem Besitz des toten Frank McLaury angeeignet haben. Und zwar ein Amulett aus massivem Gold, das McLaury an einem Lederband um den Hals getragen haben soll.«

»Lass mich raten«, unterbrach ihn der Erste Detektiv lächelnd. »Dieses Amulett hatte nicht zufällig die Form eines … Sterns?«

»Voll ins Schwarze, Chef! Genauer gesagt ein Stern, der aus mehreren kunstvoll gearbeiteten Schlangen bestand, die im Zentrum ineinander verwunden waren. Der Anhänger befand sich wohl schon lange im Familienbesitz der McLaurys und stammte angeblich noch aus der Zeit der spanischen Eroberer.«

»Also vielleicht Beutekunst von den Feldzügen gegen die Inka oder Azteken«, überlegte Justus.
»Nicht vielleicht, sondern mit Sicherheit. Moment ...« Bob blätterte eine Seite weiter. »Ich bin nämlich auf einen sehr aufschlussreichen Chronistenbericht gestoßen. Titel: *Im Zeichen der Schlangen.* Laut dieser Quelle soll der Schlangenstern neben zahlreichen anderen Schmuckstücken aus einem Tempel der peruanischen Inkastadt Cajas geraubt worden sein. Und zwar von Soldaten des spanischen Seefahrers und Eroberers Hernando de Soto.«
»Sagenhaft ...«, murmelte Peter.
»De Soto war Begleiter und direkter Stellvertreter des berühmt-berüchtigten Francisco Pizarro, der 1532 das Imperium des letzten Inka-Herrschers Atahualpa vernichtete.«
Justus nickte beeindruckt. »De Soto und Pizarro – das nenne ich mal einen prominenten Rätsel-Ursprung!«
»Meine Güte, ein so berühmtes Amulett müsste heute ja irre viel wert sein«, staunte Peter.
Bob nickte. »Sicherlich auch damals schon. Obwohl Earp nichts nachgewiesen werden konnte, blieb der Schlangenstern verschwunden und ist wohl nie wieder aufgetaucht.«
»Und hinter diesem Stern ist nun der Riese her!«
»Richtig, Peter«, stimmte der Erste Detektiv zu. »Zumindest deuten alle Indizien darauf hin. Darüber hinaus neige ich zu der Annahme, dass sich der Rätselsteller ebenfalls in den Besitz des Sterns bringen will.«
»Du glaubst, er kennt die Lösung der Rätsel selber nicht?«, fragte Bob mit erstaunter Miene.
»Sagen wir so: Ich halte es für unwahrscheinlich, dass er oder sie diese Rätsel nur um der Rätsel willen stellt und dem Rie-

sen zum Schluss klaglos den Schatz überlässt. Vielmehr denke ich, dass Mr oder Mrs X irgendwie auf diese Rätselfährte gestoßen ist und McLaury vorschiebt, um nicht selbst in Erscheinung treten zu müssen.«

»Und McLaury wiederum engagiert uns, um ihm die Drecksarbeit abzunehmen«, ergänzte Peter.

»So ist es«, stimmte Justus zu. Nachdenklich zupfte er an einem Zollstock herum. »Wie das allerdings mit diesem geisterhaften Cowboy von gestern Nacht zusammenpasst, ist mir schleierhaft. Ob das am Ende unser Auftraggeber selbst war?«

»Möglich wäre das natürlich«, erwiderte Bob. »Seine Größe konnte man in der Dunkelheit ja nicht abschätzen. Vielleicht wollte er uns damit unmissverständlich klarmachen, dass wir gefälligst nur an *seinem* Fall arbeiten sollen.«

»Oder es war der wandelnde Geist von diesem Frank McLaury, der seit über hundert Jahren sein Amulett sucht …«, murmelte Peter mit düsterer Miene.

»Ich will dir ja nicht zu nahe treten«, Justus musste sich ein Lachen verbeißen, »aber aus rein rationalen Beweggründen tendiere ich eher zu Variante A. Außerdem wäre dieser Geist bei uns momentan ohnehin an der falschen Adresse. Noch fehlt uns ja ein neuer Hinweis für unsere nächste Etappe.« Er klopfte sich ein paar Sägespäne von der Jeans. »Auf jeden Fall sehr gute Arbeit, Dritter! Dank deiner gründlichen Recherche kennen wir jetzt zumindest das Ziel dieser Westernrätsel.«

»Danke, danke! Wir dürfen aber nicht vergessen, dass wir auch mit Skinny noch was offenhaben. Dieses nächtliche Treffen bei Chester hörte sich ja sehr verdächtig an.«

»Da bin ich ganz deiner Meinung«, stimmte Justus zu. »Irgendetwas scheint da zu laufen und wir werden auf jeden Fall … oh, da kommt Onkel Titus zurück.«
Peter seufzte. »Dann mal ran ans fröhliche Werkeln!«

Der Zweite Detektiv sollte Recht behalten. Die folgende Dreiviertelstunde verbrachten die drei Freunde und Onkel Titus damit, die angelieferte Bestuhlung für die Auktion aufzubauen. Dank der einfachen Klappbauweise bereitete das keine große Mühe. Danach ging es unter ebenso fachkundiger wie lautstarker Anleitung von Tante Mathilda ans Säubern und Schmücken des gesamten Platzes. Den Höhepunkt bildete ein zwei mal drei Meter großes Plakat direkt über der Bühne, auf dem in dunkelblauen Lettern zu lesen war:
›T. Jonas & S. Mitchum präsentieren: THE OLD CONTINENT – Exklusive Gebrauchskunst und dekorative Raritäten aus Europa. Ersteigern Sie sich ein Stück Geschichte!‹
Justus blickte skeptisch von dem Riesenplakat zu seinem Onkel hinüber. »Vielleicht ein bisschen dick aufgetragen, oder?«
»Ein wenig Übertreibung gehört eben dazu, wenn man Aufmerksamkeit erregen will«, erwiderte Onkel Titus lächelnd.
»Da spricht der Fachmann!«, neckte ihn Tante Mathilda.
Nachdem der Platz rundum in neuem Glanz erstrahlte, musste noch die Mikrofontechnik installiert werden. Das übernahm Justus, da er technisch sehr begabt war und schon zahlreiche elektronische Probleme gelöst hatte. Alles klappte reibungslos und so konnte das Auktionsteam pünktlich um halb eins ein köstliches Mittagessen genießen.

Es gab eine Riesenschüssel Makkaroni-Auflauf, den Tante Mathilda bereits am Morgen zubereitet hatte. Justus griff wie immer tüchtig zu, war aber mit seinen Gedanken offensichtlich ganz woanders. »Onkel Titus«, fragte er zwischen zwei Bissen, »weißt du zufällig, was ein ›Peak Drifter‹ ist?«
Nach kurzem Überlegen schüttelte Onkel Titus den Kopf. »Nein, tut mir leid. Soll ich mich für dich irgendwo erkundigen?«
»Nicht nötig«, schaltete sich Bob ein, »ich recherchiere das später im Internet, da werde ich bestimmt fündig.«
Inzwischen nahm sich Peter zum dritten Mal nach. »Einfach fabelhaft, Mrs Jonas! Das ist mit Abstand der beste Auflauf, den ich jemals gegessen habe!«
Tante Mathilda strahlte. »Ich kann meine fleißigen Helfer doch nicht verhungern lassen. Und natürlich gibt es noch Nachtisch – wegen der Hitze keinen Kirschkuchen, sondern Eis!«
Justus' Augen leuchteten. »Ein dreifaches Hoch auf Tante Mathilda!«

Das grüne Kabinett

Der Nachmittag stand den drei Detektiven zur freien Verfügung, sofern nicht irgendwelche unvorhergesehenen Komplikationen auftraten. Ausgestattet mit herrlichen Schoko-Vanille-Erdbeer-Eisbechern zogen sich die drei zur weiteren Fallberatung in die Zentrale zurück. Dort ließen sich Peter und Justus genüsslich in das bequeme Sofa sinken, während Bob sich wieder an den Computer setzte.

»So, dann schreite ich jetzt zur weiteren Recherche. Mal schauen, ob ich etwas über den ›Peak Drifter‹ finde.«

»Da fällt mir übrigens noch was ein«, meldete sich Peter mit vollem Mund zu Wort. »Nach der Fluchtaktion gestern hatte ich das ganz verschwitzt. Als ihr zum Büro geschlichen seid, habe ich einen Blick in Felicitys Honda geworfen. Auf dem Beifahrersitz lag ein gefalteter Prospekt. Viel konnte ich nicht erkennen, aber die Überschrift war ›Green Cabinet‹. Darunter war mit Kugelschreiber eine Nummer notiert: 030.«

»›Green Cabinet‹?«, horchte Bob auf. »Irgendwie sagt mir das was.«

Der Erste Detektiv schleckte genüsslich den letzten Rest Eis aus seinem Becher. »Auch das werden wir klären. Am besten, wir fügen die bisherigen –«

In diesem Augenblick klingelte das Telefon. Er nahm den Hörer ab und aktivierte den Lautsprecher. »Hier Justus Jonas von den drei Detektiven.«

»Hier ist Sheila, hallo, Justus!«

»Sheila, schön, dass du anrufst! Darf man fragen, wie euer Treffen verlaufen ist?«
»Sagen wir mal so …« Ihre Verunsicherung war deutlich herauszuhören. »Es gab da ein paar ziemlich merkwürdige Momente.«
Justus warf einen kurzen Blick in die Runde. »Ach ja? Inwiefern denn?«
»Jetzt bin ich mal gespannt«, flüsterte Bob erwartungsvoll.
»Am Anfang war alles noch ganz normal. Seanford war witzig und galant wie immer, aber dann …«
»Ja?«
»Ich weiß auch nicht, aber irgendwann verlagerte sich das Gespräch komplett auf die Galerie von Mr Mitchum und ein Projekt, das dort gerade ausgestellt wird.«
»Wie bitte?«, zischte Bob erbost.
Justus signalisierte ihm mit einer unwirschen Handbewegung, leise zu sein. »Aha. Und worum handelt es sich dabei?«
»Um eine Werkschau über Objektkunst der Moderne. Eine wirklich tolle Ausstellung mit vielen Museumsleihgaben aus ganz Amerika. Zum Beispiel Werke von Louise Nevelson und Edward Kienholz.«
»Und dieses plötzliche Interesse von Seanford hat dich überrascht?«
Sheila zögerte verlegen. »Na ja, es war mir nicht direkt unangenehm. Es freut mich natürlich, dass er sich für meine Arbeit interessiert. Er war nur von dem Thema gar nicht mehr wegzukriegen. Irgendwann hab ich echt gedacht, für so ein Gespräch hätte er genauso gut mit Mr Mitchum ausgehen können.«
»Also doch …«, murmelte Bob fassungslos.

Auch Justus musste sich bemühen weiterhin sachlich und gelassen zu klingen. »Verstehe. Nun, vielleicht will sich Seanford ja einfach mehr in deine Arbeitswelt einfühlen. Ich bin sicher, das klärt sich alles beim nächsten Mal.«
»Vielleicht hast du Recht«, entgegnete Sheila etwas beruhigter. »Unser nächstes Treffen ist aber frühestens Anfang kommender Woche. Übers Wochenende hat er nämlich mit *FunDango* bei einer großen Veranstaltung zu tun.« Ihr Lächeln war selbst akustisch wahrnehmbar. »Mit seiner Agentur scheint es wirklich gut zu laufen.«
»Dieser verlogene Mistkerl!«, schnaubte Bob gepresst.
»Da kann man ja nur gratulieren«, erwiderte Justus. »Dann erst mal vielen Dank für den Anruf! Wir melden uns, sobald es Neues gibt.«
»Alles klar. Bis dann!«
Kaum hatte der Erste Detektiv aufgelegt, polterte Bob auch schon los. »Das ist ja wohl das Allerletzte! Dieser Lügenbaron will in die Ausstellung bei *Mitchum & Ferguson* einbrechen! Nur darum ging's die ganze Zeit!«
Auch Justus schien überrascht. »So sieht's tatsächlich aus.«
»Jetzt fällt mir auch wieder ein, woher ich den Namen *Green Cabinet* kenne«, fuhr Bob aufgewühlt fort. »Aus einem Artikel, den ein Kollege meines Vaters über diese Werkschau verfasst hat! Wartet mal …« Er drehte sich zurück zum Computer und tippte hastig einige Schlagworte ein. »Die Ausstellung ist immer noch aktuell, da müsste doch …«
Peter sah ihn verwirrt an. »Was denn?«
»Moment, Moment … Da, ich hab's! *Mitchum & Ferguson, Galerie der Moderne* … So, und wo ist jetzt … ah, hier: ›*Beim* Green Cabinet *handelt es sich um eine längliche Spezialvitrine aus Pan-*

zerglas, in der die kostbarsten Ausstellungsstücke dem Publikum präsentiert werden. Versicherungswert: über zwei Millionen Dollar‹!«

Nach dieser unglaublichen Zahl herrschte einen Moment Stille. Dann pfiff Justus leise durch die Zähne. »Zwei Millionen Dollar! Lass mal sehen … *›Die Sicherheitsvorkehrungen bei dieser exklusivsten Werkschau der letzten Jahre entsprechen höchsten Qualitätsstandards. Allein um den Ausstellungsraum im zweiten Stock zu erreichen, müssen drei monitorüberwachte Kontrollen passiert werden.‹* Und so weiter und so weiter.«

Peter schüttelte ungläubig den Kopf. »Also, ich traue Skinny ja einiges zu, aber das ist ja wohl eine Nummer zu groß für ihn, oder? In diesen Laden käme er doch niemals rein!«

»Stimmt, auf normalem Weg sicher nicht. Aber vielleicht …« Bob tippte erneut etwas ein.

»Wonach suchst du denn jetzt?«

»Nach dem eigentlichen Grund für meine Recherche! Hm … nein, hier ist nichts zu finden. Versuchen wir es also mal mit einer Eingrenzung des Begriffs …«

Nur das Klackern der Tasten war in der folgenden gespannten Stille zu hören, bis Bob plötzlich einen Triumphschrei ausstieß, der Peter zusammenfahren ließ.

»Bingo! Haltet euch fest, Freunde – Mr Norris fährt wirklich schweres Geschütz auf: Laut dieser Infoseite über Bau- und Spezialfahrzeuge handelt es sich beim ›Peak Drifter‹ um einen Installateur-Truck mit hydraulischem Hebekran für Arbeiten an Leitungsmasten!«

Justus fiel fast die Kinnlade herunter. »Das nenne ich kaltschnäuzig. Skinny hat gar nicht vor, all die Sicherheitsbereiche im Inneren des Hauses zu überwinden! Er will durch die Fensterfront im zweiten Stock einbrechen!«

»Wahnsinn! Peter schwankte zwischen Erstaunen und kompletter Verwirrung. »Das wäre ja – der Raub des Jahrhunderts in Santa Monica!« Er zögerte nachdenklich. »Aber ... wäre es nicht ziemlich dämlich von ihm, wenn er das Ganze jetzt noch durchzieht? Er kann sich doch denken, dass wir nach dem Einbruch bei Mitchum sofort eins und eins zusammenzählen.«
»Richtig«, stimmte der Erste Detektiv zu. »Und deshalb wird er sich absetzen, sobald das Ding gedreht ist. Bis dahin hat er sich ja geschickt ein Zeitfenster verschafft. Ihm war klar, dass eine zu frühe Aufdeckung seines falschen Namens den ganzen Plan gefährden würde!«
Bob nickte. »Stimmt! Er war ja ganz wild darauf, dass wir bis Samstag den Mund halten.«
»Daraus schließe ich, dass der Beutezug für *heute* geplant ist, und zwar Punkt null Uhr dreißig nachts.«
»Und wie kommst du auf diese Uhrzeit?«
»Denk mal an die Ziffer, die auf dem Prospekt notiert war.«
Peter schnippte mit den Fingern. »*0 30* – ich verstehe!«
»Nach dem derzeitigen Kenntnisstand ist das zumindest die logischste Hypothese. Zusammengefasst bedeutet das: Heute um halb sechs: Abholen des Trucks. Sieben Stunden später: Einbruch in die Galerie. Danach heißt es dann: Goodbye, Seanford Newman, und goodbye, Skinny Norris!«
»Unglaublich«, murmelte Bob.
Der Zweite Detektiv schien jedoch noch nicht so recht überzeugt zu sein. »Tut mir leid, aber ich kann mir immer noch nicht vorstellen, dass er ein so großes Ding vorhat. Skinny hat in der Vergangenheit ja viel verbockt, aber das hier ...«
»Die Dimension dieses Plans ist in der Tat beachtlich«, gab

Justus zu. »Allerdings wissen wir nicht, wer in der Sache noch mit drinsteckt. Momentan haben wir nur Felicity und Chester auf der Liste, jedoch können wir davon ausgehen, dass auch noch andere Personen beteiligt sind. Allein um eine solch heiße Ware abzusetzen, braucht Skinny ja die entsprechenden Kontakte. Da so bekannte Werke auf dem Kunstmarkt nicht verkäuflich sind, wird er wohl bereits einen oder mehrere private Auftraggeber in Wartestellung haben.«

Peter blickte ihn mit misstrauisch verengten Augen an. »Lass mich raten: Um all das herauszufinden, willst du dich heute Nacht auf die Lauer legen und Skinny auf frischer Tat ertappen!«

Ein abenteuerlustiges Lächeln umspielte Justus' Lippen. »Wie ich sehe, sind wir uns mal wieder einig.«

»Und was ist mit Sheila?«, warf Bob ein. In seinem Inneren hatte seit einigen Minuten ein winziger Hoffnungsfunke wieder zu glimmen begonnen. »Wir müssen ihr doch sagen, dass Skinny sie die ganze Zeit nur eiskalt ausgenutzt hat!«

»Natürlich müssen wir sie informieren. Allerdings noch nicht sofort. Es wäre ja möglich, dass sie unüberlegt reagiert und Skinny alles an den Kopf wirft. Dann wären er und seine Komplizen gewarnt.«

»Stimmt, daran hatte ich gar nicht gedacht. Dann sagen wir es ihr also am Samstag, wenn alles vorbei ist.«

»… am Samstag, wenn alles vorbei ist.« Peter runzelte die Stirn. »Vielleicht sehe ich ja Gespenster, aber der Riese hat uns doch auch eine Frist bis Samstag gesetzt. Merkwürdiger Zufall, findet ihr nicht?«

Justus' Augen weiteten sich. »Oder alles andere als ein Zufall … Peter – ich glaube, du bist tatsächlich auf der richtigen Spur!«

Spiel mit doppeltem Boden

Der Zweite Detektiv sah Justus verblüfft an. »Bist du dir da sicher? Ich hab das doch nur so dahingesagt.«

»Wie konnte ich das nur übersehen!« Justus war ganz aus dem Häuschen. »Erinnern wir uns: McLaury tauchte so ziemlich zum selben Zeitpunkt auf, als die ganze Skinny-Geschichte ins Rollen kam. Und das hieße ... Schnell, Bob – gib mir noch mal die Streichholzschachtel!«

»Aye, aye, Sir!«

Eilig schloss der dritte Detektiv die Schublade auf und reichte Justus die Schachtel. »Bitte sehr. Aber die Schachtel haben wir doch schon ein paarmal gründlich untersucht – da war nichts!«

»Wenn meine Theorie stimmt, muss da aber etwas sein!«

»Vielleicht sagst du uns ja erst mal, wie deine Theorie überhaupt aussieht«, schlug Peter vor.

»Es ist nur eine Frage der logischen Schlussfolgerung«, verkündete Justus. »Wenn wir die Möglichkeit in Betracht ziehen, dass zwischen Skinny und McLaury eine Verbindung besteht, dann muss zunächst die ursächliche Kausalmotivation beleuchtet werden. In dieser Hinsicht waren unsere bisherigen Überlegungen leider äußerst defizitär.«

Peter zog demonstrativ eine Grimasse und sah sich suchend nach seinem Wörterbuch um. »Und in normaler Menschensprache heißt das bitte?«

»In der Medizin gibt es dafür den Begriff ›Zebra‹. Damit wird die Diagnose einer völlig abwegigen oder exotischen Krankheit bezeichnet, obwohl der Patient an einer ganz alltäglichen Erkrankung leidet, die sich lediglich durch ungewöhnliche Symptome äußert. Wenn man die Symptome nun im übertragenen Sinne mit Hufgetrappel gleichsetzt, denkt der Arzt bei diesem Geräusch sofort an ein exotisches Zebra statt an ein viel wahrscheinlicheres Pferd.«

»Äh …«

Peter hatte irgendwo zwischen Kausalmotivation und Hufgetrappel den Faden verloren.

Ungeduldig wedelte Justus mit den Händen. »Ist doch ganz einfach: Der Riese ist unser Zebra!«

»Aha …« Auch Bob schien nicht wirklich folgen zu können.

»Denkt mal nach, Kollegen: Wir sind bis jetzt davon ausgegangen, dass dieser rätselbepackte Riese tatsächlich ein uraltes Inka-Amulett aus dem Besitz seines von Wyatt Earp erschossenen Vorfahren wiederfinden will – und das auch noch rein zufällig direkt hier in Rocky Beach! Stattdessen hätten wir auch einfach auf die Idee kommen können, dass die ganze absurde Story nichts als ein Ablenkungsmanöver ist!«

»Das könnte vielleicht daran liegen, dass wir es bei unseren Fällen schon ziemlich oft mit solchen abwegigen ›Zebras‹ zu tun hatten«, überlegte Bob. »Wenn ich da an den alten Dingo und seine Erbschafts-Rallye denke …«

»Möglich. Aber das sollte nicht den Blick dafür verstellen, dass die Begegnung mit einem ›Pferd‹ immer noch sehr viel wahrscheinlicher ist.«

Peter stöhnte genervt. »Ob Zebra, Pferd oder Esel – was hat Skinny denn nun mit dem Riesen zu tun?«

»Nach meiner derzeitigen Überlegung war Skinny der Urheber dieser ganzen Rätselgeschichte! Ich denke mir das so: Irgendwie hat unser Lieblingsfeind in den vergangenen Tagen mitbekommen, dass Sheila ihm gegenüber misstrauisch geworden war. Darüber hinaus wusste er, dass seine Freundin seit einiger Zeit wegen der Auktion Kontakt zu uns hatte. Vermutlich befürchtete er, sie könnte uns in ihre Zweifel einweihen, was dann ja auch tatsächlich geschehen ist.«

»Und deshalb hat Skinny diesen Riesen auf uns angesetzt?«

»Eine ziemlich simple Rechnung: McLaury sollte uns zunächst ordentlich einschüchtern und dann mit dieser abgedrehten Rätselgeschichte auf Trab halten. Eine bessere Ablenkung ist doch kaum vorstellbar.«

»Dann müsste ja auch dieser Gizmo in die Sache eingeweiht sein«, stellte der Zweite Detektiv fest.

»Ganz sicher sogar«, bestätigte Justus. »Mit dieser Gruselnummer sollten wir wohl endgültig überzeugt werden, dass es bei unserer Sternsuche um etwas Großes geht.«

»Ein ziemlich happiger Aufwand, oder?«

»Es geht für Skinny ja auch um verdammt viel«, entgegnete Justus. »Verglichen mit dem Ziel seines Einbruchplans erschien ihm diese Mühe wohl gerechtfertigt. Mit einer entlaufenen Katze hätte er uns drei ja schließlich nicht achtundvierzig Stunden lang beschäftigen können.«

»Okay. Aber was hat das alles mit dieser Schachtel zu tun?«

»Ich suche die letzte Bestätigung für meine Theorie. Und ich bin mir sicher, dass …« Justus hatte inzwischen die Streichhölzer auf den Schreibtisch geschüttet und untersuchte mit spitzen Fingern den Boden der Schachtel. »So geht es nicht. Dafür brauche ich unser kleines Papiermesser.«

Peter gab es ihm. Sehr vorsichtig setzte der Erste Detektiv nun einen kleinen Einschnitt. Dann schob er die Spitze des Messers in den Schlitz und klappte das lose Bodenstück triumphierend nach oben. »Wer sagt's denn, hier ist es ja! Ein winziger Text: ›*Nicht der Mann aus Monmouth wird die Antwort weisen, sondern jene, an deren Seite er in die Hügel der Ewigkeit ritt. ECR, Freitag um Mitternacht*‹.«

»Wie war das? Hügel der Ewigkeit? Klingt ja ziemlich seltsam«, stellte Peter fest. »Und ›der Mann aus Monmouth‹? Was hat denn das nun wieder zu bedeuten?«

»Das ist noch am einfachsten zu beantworten«, erwiderte der dritte Detektiv. »Monmouth in Illinois ist der Geburtsort von Wyatt Earp.«

»Hervorragend, Bob!« In Justus' Augen blitzte es. »Dann könnte mit ›jene, an deren Seite er ritt‹ ja Earps Frau gemeint sein!«

»Fragt sich nur, welche. Davon gab es nämlich mehrere.« Erneut nahm Bob die Computermaus zur Hand und klickte sich zu einem Lebenslauf des berühmten Marshals durch. Hastig überflog er die Zeilen, bis er fand, was er gesucht hatte.

»Also, hier die Kurzversion: Wyatt Earps erste Frau starb schon kurz nach der Hochzeit an Typhus, die zweite verließ er 1882 für seine Geliebte, die Sängerin Josie Marcus. Und mit der wurde er dann ziemlich alt. Moment … hier: ›*Zum Aufbau seiner Legende trug entscheidend bei, dass Wyatt Earp sämtliche Schießereien unverletzt überstand und erst 1929 im Alter von achtzig Jahren starb. Die Urne mit der Asche seiner 1944 verstorbenen Frau Josie wurde an seiner Seite beigesetzt.*‹«

»Sehr gut. Damit haben wir den einen Teil schon mal ge-

klärt«, stellte Justus zufrieden fest. »Bleibt also nur noch herauszufinden, was mit ›ECR‹ gemeint ist.«
Peter runzelte die Stirn. »Wenn ich mich richtig erinnere, ist ECR eine Maßeinheit für die Schnitterkennung in digitalen Videos. ›Edge Change Ratio‹ oder so was. Zumindest ist mir die Abkürzung irgendwann mal bei Dads Arbeit untergekommen. Aber das wird ja wohl kaum gemeint sein.«
»Sehe ich auch so«, stimmte Bob zu. »Es sei denn, wir sollen jetzt nach irgendeinem Digitalvideo über Wyatt Earp suchen.«
»Das wohl eher nicht«, murmelte der Erste Detektiv. »Da muss noch irgendetwas anderes sein.«
Peter hatte es nun auch nicht länger auf dem Sofa gehalten und er beugte sich ebenfalls gespannt über den Bildschirm. »Wie war noch mal der genaue Text in der Schachtel?«
»Augenblick … ›*Nicht der Mann aus Monmouth wird die Antwort weisen, sondern jene, an deren Seite er in die Hügel der Ewigkeit ritt. ECR, Freitag um Mitternacht*‹«, las Bob laut vor.
Ein euphorisches Grinsen breitete sich über Peters Gesicht aus. »Ich glaube, dann habe ich die Lösung.«
»Was? Wie das denn?«, fragte Bob verblüfft.
»Wir wissen jetzt, um welche Frau es geht, also brauchen wir nur noch den Ort, an dem Earp mit ihr ›in die Ewigkeit‹ ritt.«
»Verstehe!«, rief Justus. »Du denkst, es ist die Grabstätte der beiden gemeint?«
»Genau.« Peter deutete auf den unteren Rand der Internetseite. »Ihr habt einfach die kleine Bildunterschrift da links übersehen: ›*Wyatt Earps Grab befindet sich auf dem Gelände des*

Hills of Eternity Memorial Park in Colma, Kalifornien, an der Seite seiner großen Liebe Josie Marcus.‹!«
»Hills of Eternity – Die Hügel der Ewigkeit! Zweiter, du bist ein Ass!«, gratulierte Bob.
Peter grinste. »Hauptsache keine ›Hand des toten Mannes‹.«
»Und die Adresse des Friedhofs lautet 1301 El Camino Real – *ECR*!«, ergänzte Justus freudig. »Wirklich eine klasse Leistung!«
Einen Moment lang versank der Erste Detektiv in nachdenkliches Schweigen, dann verkündete er mit entschlossener Miene: »Jetzt besteht also kein Zweifel mehr. Der Riese handelt im Auftrag von Skinny mit dem einzigen Ziel, uns heute Abend weitestmöglich wegzulocken. Während wir nämlich um Mitternacht auf dem Friedhof von Colma am Grab von Josie Marcus auf die große Erleuchtung gewartet hätten, wäre Skinny in aller Ruhe bei *Mitchum & Ferguson* eingebrochen!«
Bob schlug seine Faust in die flache Hand. »Dann wollen wir diesem Einbrecherkönig mal ordentlich die Suppe versalzen!«

Fahrt ins Ungewisse

So war es beschlossene Sache. Nachdem die drei ??? ihren kommenden Nachteinsatz besprochen und anschließend Onkel Titus dabei geholfen hatten, einige letzte Akustiktests durchzuführen, trennten sie sich gegen neunzehn Uhr vorerst voneinander.

Gut vier Stunden später befanden sie sich in Peters MG auf dem Highway in Richtung Santa Monica.

»Und mit Inspektor Cotta hat alles geklappt?«, erkundigte sich Bob.

»Ja, er ist informiert«, bestätigte Justus. »Am Anfang war er zwar etwas knurrig, aber so kennen wir ihn ja.« In gespielter Erregung imitierte er Cottas genervte Stimme: »›Inzwischen könnten wir ja eigentlich eine Standleitung für euch einrichten, selbstverständlich mit direktem Zugriff auf sämtliche Daten und Einsatzpläne! Oder besser noch: Ihr zieht gleich hier bei mir ein! In meinem Büroschrank ist doch bestimmt genug Platz für eine Minizentrale!‹«

Peter lächelte mitleidig. »Manchmal kann man den Armen ja verstehen. So oft, wie wir ihm bei seiner Arbeit dazwischenfunken.«

»Mag ja sein. Trotzdem hat sich unser Einmischen bisher in den meisten Fällen als richtig und notwendig erwiesen«, entgegnete der Erste Detektiv.

»Klar«, stimmte Bob zu. »Aber das macht es für Cotta ja auch nicht leichter. Was hast du eigentlich mit ihm vereinbart?«

»Der Plan ist wie folgt: Vor zwei Stunden hat der Inspektor seine Kollegen in Santa Monica über den erwarteten Einbruch bei *Mitchum & Ferguson* informiert. Daher steht ab dreiundzwanzig Uhr dort in der Nähe eine Funkstreife in Dauerbereitschaft. Sobald Skinny anrückt und die Sache losgeht, sagen wir Bescheid und es dauert keine zwei Minuten, bis die Polizei da ist.«

»Gut zu wissen.« Peter war sichtlich erleichtert. »Ich hatte schon befürchtet, du willst mal wieder alles alleine durchziehen.«

»Das wäre angesichts dieser Größenordnung selbst in meinen Augen einen Tick zu riskant. Übrigens«, Justus zog ein gefaltetes Stück Papier aus seiner Hosentasche, »ich hatte vorhin noch Zeit, einer weiteren Sache auf den Grund zu gehen. Skinny erzählte uns doch, dass die Bezeichnung S-61 für übergroße Büfettplatten stehen würde.«

Bob nickte. »Stimmt. Das kam mir schon damals ziemlich merkwürdig vor.«

»Noch dazu, weil er vorher mit Felicity über irgendwelche Winkel gesprochen hatte.«

»Und was steckt nun wirklich dahinter?«, erkundigte sich Peter.

»Ihr werdet staunen: Bei S-61 und S-62 handelt es sich um zwei Modelle von Hochleistungs-Glasschneidern! Der eine mit Schneiderädern aus gehärtetem Spezialstahl, der andere aus Wolframkarbid!«

»Wie bitte?«, entfuhr es Bob.

Justus steckte den Zettel wieder ein. »Eigentlich ist es ja nur logisch. Irgendwie muss der liebe Skinny ja durch das Sicherheitsglas im zweiten Stock! So ergibt nun auch die Gradzahl

Sinn: Je dicker die Glasscheibe, desto größer muss nämlich der Schneidwinkel sein. Bei über einhundertsechzig Grad entspricht das einer Glasdicke von zweieinhalb Zentimetern!«

»Mannomann«, staunte Peter. »So fügt sich also ein Puzzleteil zum anderen.«

Bob blickte nach draußen. »Und das in einer Nacht, die so schwarz ist wie Skinnys Seele …«

»Nett gesagt«, erwiderte der Erste Detektiv. »Aber auch das war sicher mit einkalkuliert. Es ist Neumond und Skinny wollte bei seinem Einbruch eben die besten Bedingungen haben.«

»Klar, so spart man sich teure Tarnklamotten!«

»Oh, Stichwort Klamotten.« Justus war offensichtlich etwas eingefallen. »Onkel Titus fragte mich, wo ich seine geliebte Mütze gelassen habe. Ich glaube, die liegt noch im Käfer, Bob.«

»Ach, der Cord-Albtraum. Gut möglich, dass das Ding noch im Wagen liegt. Ich werde morgen gleich mal nachsehen. Aber an deiner Stelle würde ich Onkel Titus mal zu einer anderen Kopfbedeckung raten. Dieses Teil ist ja echt die reinste Zirkusnummer! Wenn ich mir vorstelle …«

Plötzlich erstarrte Bob, als sei er soeben vom Blitz getroffen worden. »Oh Mann …«

»He, was ist denn jetzt los?«, fragte Peter besorgt. »Ist dir nicht gut?«

»Leute …«, murmelte der dritte Detektiv und starrte seine Freunde an. »Ich glaube, wir sollten ganz schnell umdrehen!«

»Umdrehen? Wieso das denn?«, stieß Justus fassungslos her-

vor. »Wir müssen doch den Einbruch in die Galerie verhindern!«
»Just, halt mich bitte nicht für verrückt, aber ich glaube, dieser Einbruch findet überhaupt nicht statt!«
Der Erste Detektiv benötigte einige Augenblicke, um Bobs Worte zu verarbeiten. »Das kann doch nicht dein Ernst sein!«
Auch Peter war die Verwirrung deutlich ins Gesicht geschrieben. »Ich fahr dann wohl besser mal rechts ran …«
Nachdem der MG zum Stehen gekommen war, beugte sich Bob aufgeregt zu Justus vor. »Hör zu: Weißt du noch, wie Skinny uns in seinem Garten überrascht hat?«
»Ja, natürlich – ich war ja schließlich dabei!«
»Da meinte er doch, dass er meinen Spruch über ihn als Kompliment auffasse. Und dann sagte er ›Mützenclown‹ zu mir!«
»Na und?«, fragte Peter irritiert. »Du hast doch selbst gesagt, dass du wie ein Trottel mit dem Ding ausgesehen hast!«
»Ja, schon – aber als Skinny auftauchte, hatte ich die Mütze gar nicht mehr auf dem Kopf! Die hatte Justus längst eingesteckt! Wenn er mich also mit der Mütze gesehen hat –«
»… dann heißt das, dass er uns gleich zu Beginn unserer Beschattung entdeckt hat!«, führte Justus den Satz zu Ende.
Der Zweite Detektiv zuckte die Achseln. »Ich kapier immer noch nicht.«
»Ist doch ganz einfach«, erklärte Bob. »Wenn Skinny uns von Anfang an beobachtet hat, dann hat er auch gesehen, dass wir zu seinem Fenster geschlichen sind! Dieses Gespräch mit Felicity hat er also ganz gezielt geführt!«
Justus nickte. »Im Wissen, dass wir zuhören und unsere

Schlüsse aus diesem Telefonat ziehen würden. Dafür spricht auch, dass er sein Fenster genau in dem Moment geöffnet hat, als wir nach einer Lauschmöglichkeit Ausschau gehalten haben. Das war ja eine regelrechte Einladung!«

»Dann … war wohl auch die Verabredung bei Chester nur eine Inszenierung?«, fragte Peter ungläubig.

»*Alles* war eine Inszenierung!«, erwiderte Justus. »Vom Riesen mit seinen Rätseln und diesem unheimlichen Gizmo bis hin zur Eventfirma und dem angeblich geplanten Einbruch bei *Mitchum & Ferguson*. Einfach alles! Auch der offen herumliegende Prospekt in Felicitys Wagen war nur eine falsche Fährte. Die haben sich gestern Nacht mit Sicherheit köstlich darüber amüsiert, wie gut ihr Theater mit dem Geister-Cowboy und Rotti Churchill geklappt hat. Das war bestimmt der krönende Höhepunkt ihrer Show!« Er blickte hektisch auf die Uhr. »Noch ist es zum Glück nicht zu spät, aber wir müssen sofort zurück!«

Peter schaute ihn verblüfft an. »Und woher weißt du, dass wir nach Rocky Beach und nicht woandershin müssen?«

»Weil Skinny diese ganze Show von Anfang an nur dafür geplant hat, uns heute Nacht so weit wie möglich vom Schrottplatz wegzulocken!«, erklärte Bob.

Justus nickte. »Es muss ihm also um irgendetwas gehen, was die ganze Zeit direkt vor unserer Nase lag!«

»Okay, okay – ich hab's begriffen! Also dann: Kommando zurück!« Peter wendete den MG und gab Vollgas.

Mit düsterer Miene starrte Bob in die Finsternis der Nacht hinaus. Dann zwang er sich, den schlimmen Gedanken auszusprechen, der ihn quälte.

»Just, wenn die ganze Sache ein riesiges Ablenkungsmanöver

war, dann … dann muss doch auch der Auslöser für das alles dazugehören. Und das war …«

»Sheila Masters.« Der Erste Detektiv blickte ihn ernst an. »Ja, Bob, ich fürchte, daran besteht kein Zweifel.«

Eine Zeit lang schwiegen sie. Dann murmelte Bob kaum hörbar: »Wie im Märchen: ein Riese, ein Zwerg und eine Prinzessin. Nur dass die Prinzessin diesmal in Wahrheit die Hexe ist.«

Showdown

In den folgenden Minuten benachrichtigte Justus Inspektor Cotta von ihrer spektakulären Vermutung. Danach versuchte er zu Hause anzurufen, um Tante Mathilda und Onkel Titus zu warnen, doch die Verbindung schien unterbrochen zu sein. Mit einem äußerst unguten Gefühl rasten die Detektive in gerade noch zulässigem Höchsttempo zurück nach Rocky Beach. Als sie gegen halb eins ihr Ziel erreicht hatten, parkte Peter den Wagen ein wenig abseits und die drei schlichen sich vorsichtig an das Schrottplatzgelände heran. Bob erkannte als Erster, dass ihre Vermutung richtig gewesen war.

»Da drüben steht der grüne Honda! Sie sind also schon da!«

Und gegenüber parkt erwartungsgemäß ein blauer Kleinlaster, dachte Justus und blickte sich nervös um. »Aber von Inspektor Cotta keine Spur! Wo bleibt der denn bloß? Und was ist mit Tante Mathilda und Onkel Titus?«

»Seht doch!«, flüsterte Peter aufgeregt. »Die Telefonleitungen sind durchgeschnitten! Deswegen konntest du niemanden erreichen!«

Bob presste den Zeigefinger an die Lippen. »Seid mal leise!«

Reglos verharrten die drei und horchten in die Stille hinein. Gedämpft, aber doch deutlich hörbar vernahmen sie das Geräusch von splitterndem Holz.

»Die Kisten!«, murmelte Justus. »Sie sind in den Lagerschuppen eingebrochen!«

Peter nickte. »Ja, eben habe ich den Schein einer Taschenlampe gesehen!«

»Und wir haben keine Ahnung, wie viele es sind«, raunte der Erste Detektiv. Dennoch – wir müssen etwas unternehmen, bevor sie mit der Beute abhauen!«

Bob deutete nach rechts. »Der alte Gabelstapler! Wenn wir den vor die Tür schieben, sind sie eingesperrt!«

»Schaffen wir das denn?«, fragte Peter unsicher. »Der wiegt doch bestimmt eine Tonne!«

Justus schüttelte den Kopf. »Tut er nicht. Das Ding ist ja schon komplett ausgeschlachtet. Außerdem ist die Bereifung noch intakt. Die zwei Meter bis zur Tür sollten zu schaffen sein!«

»Zumindest müssen wir es versuchen«, stimmte Bob zu.

In diesem Moment war aus dem Inneren des Schuppens eine leise Frauenstimme zu hören, die energisch forderte: »Nun beeil dich doch! Öffne die Nächste!«

Der dritte Detektiv biss die Zähne zusammen. »Tatsächlich. Es ist Sheila …«

»Ein Grund mehr zu handeln!« Gebückt eilte Justus voraus. »Los jetzt!«

Als sie den Gabelstapler erreicht hatten, stellten sie sich am Heck in Position und Justus gab leise das Startsignal:

»Auf drei, mit vereinten Kräften: Eins … zwei … *drei*!«

Sie schafften es. Mit einem quietschenden Ächzen setzte sich das Fahrzeug in Bewegung und kam direkt vor der Tür zum Stehen.

»Wir haben es geschafft!«, stieß Bob erleichtert hervor.

Im selben Moment ertönte Skinnys aufgeregte Stimme: »He, was war das da draußen?«

Er rannte zur Tür und versuchte sie zu öffnen. »Verdammt! Da hat uns jemand eingeschlossen!«

»Dann brich die Tür auf, du unfähiger Idiot!«, fauchte Sheila.

Eine nur allzu vertraute Bassstimme knurrte daraufhin: »Lasst mich mal ran …«

Einen Sekundenbruchteil später donnerten gewaltige Schläge auf die erzitternde Tür ein.

»Oh nein!«, hauchte Peter. »Sie haben den Riesen dabei!«

Bob wurde vor Schreck ganz blass. »Der macht Kleinholz aus dem Schuppen!«

Wie zur Antwort brach die Tür mit einem berstenden Krachen aus den Angeln. Zwei schenkeldicke Unterarme griffen ins Führerhäuschen des Gabelstaplers und schoben ihn zur Seite, als wäre er ein im Weg stehender Einkaufswagen. Wie in Zeitlupe wuchtete der Hüne seinen gewaltigen Körper aus dem Schuppen heraus. In seinem Gesicht spiegelte sich rasende Wut.

»So, und jetzt breche ich euch jede Gräte einzeln!«

Panisch wollten die drei Detektive die Flucht ergreifen, als plötzlich ein scharfer Befehl über den Platz hallte.

»Stehen bleiben und Hände hinter den Kopf!«

Mitten in der Bewegung verharrte der Riese wie angewurzelt.

»Inspektor Cotta!«, rief Justus erleichtert. »Wo waren Sie denn so lange?«

Flankiert von zwei weiteren Beamten kam der Inspektor auf sie zu, in der rechten Hand seine entsicherte Dienstwaffe.

»Wir wurden durch einen Unfall auf dem Washington Boulevard aufgehalten. Aber besser spät als nie, stimmt's?« Er

wandte sich an seinen Nebenmann. »Officer Doyle, passen Sie auf, dass die übrigen Herrschaften sich nicht auf der Rückseite verflüchtigen!«
»Jawohl, Sir.« Doyle ging an dem erstarrten Riesen vorbei und richtete seine Waffe auf die gesplitterte Türöffnung des Schuppens. »Sie beide da – rauskommen!«
»Jaja, ist ja schon gut«, antwortete ein völlig frustrierter Skinny. Nacheinander traten er und Sheila Masters ins Freie. Während Skinny jedoch den drei Detektiven vernichtende Blicke zuwarf, hielt Sheila ihren Kopf gesenkt, so als traute sie sich nicht, Justus, Peter und Bob in die Augen zu sehen.
Nun wandte sich Cotta wieder den Jungen zu. »So, ihr Herren Detektive – und jetzt will ich Klartext hören! Erst soll ich meine Kollegen in Santa Monica wegen eines geplanten Einbruchs bei *Mitchum & Ferguson* alarmieren und dann heißt es plötzlich: Alles ein Irrtum! Einsatz beim Gebrauchtwarencenter Titus Jonas in Rocky Beach! Also – was zum Henker geht hier eigentlich vor?«
»So ganz haben wir das auch noch nicht durchschaut, Sir«, entgegnete Justus. »Aber mit freundlicher Unterstützung unserer nächtlichen Besucher hier werden wir das sicher aufklären können.«
»Ach, das alles sollte doch bloß ein kleiner Denkzettel sein«, meldete sich nun Skinny zu Wort. »Wir wussten ja, dass morgen eine wichtige Auktion geplant war.« Er zögerte, so als ob er darüber nachdachte, ob er tatsächlich mit der Wahrheit herausrücken sollte. »Na ja, und da wollten wir die Versteigerungsstücke vorher ein bisschen verschönern.«
Cotta verengte die Augen. »Was soll das heißen?«

»Wir wollten eine kleine Farb-Aktion starten, um Mr Jonas und vor allem dem Dicken eins auszuwischen.«

»Und dafür dieser riesige Aufwand mit zig falschen Fährten?«, fragte Bob ungläubig.

Skinny grinste. »Musste ja so sein, um euch ordentlich aufs Glatteis zu führen. Ein stinknormales Rätsel hätte ja nicht lange genug für Ablenkung gesorgt. Da mussten wir für euren XXL-Professor schon ein paar Hintertürchen mehr einbauen – das war ja der eigentliche Spaß an der Sache!«

Der Erste Detektiv ging bewusst nicht auf diese Provokation ein. »Verstehe. Das Ganze war also eine doppelte Sicherheitsmaßnahme: Falls wir den ersten Köder nicht geschluckt hätten, gab es immer noch den zweiten, um uns gezielt hier wegzulocken.« Er blickte zu Sheila und dem regungslosen Riesen hinüber. »Aber warum haben die beiden sich an der Sache beteiligt? Und Gizmo, Felicity und dieser Mr Chester?«

Skinny seufzte unwirsch. »Herrje, wir sind nun mal miteinander bekannt und da haben sie bei dem Streich eben mitgemacht. Das ist ja wohl kein Grund, hier gleich mit einem Sondereinsatzkommando anzurücken!«

»Das zu beurteilen kannst du getrost uns überlassen«, gab Inspektor Cotta kühl zurück.

Inzwischen war Peter zum Eingang des Schuppens gegangen, hatte das kleine Deckenlicht eingeschaltet und einen Blick ins Innere geworfen. »Hier drin stehen wirklich mehrere große Eimer mit schwarzer Farbe, gleich sechs Stück! Die Ausstellungsstücke scheinen aber noch unversehrt zu sein.«

»Na also, alles halb so wild«, brummte der Hüne. »Ein Farbeimer ist ja wohl keine Bombe, oder?«

»Bleiben trotzdem noch Hausfriedensbruch und Sachbeschädigung«, hielt ihm Cotta entgegen.
»Ach, diese alte Holztür!«, winkte Skinny ab. »Die zahl ich doch gerne! Und sonst ist ja nichts passiert.«
»Aber nur deshalb, weil wir euch rechtzeitig überrascht haben!«, entgegnete Bob empört. »Sonst hättet ihr alles zerstört!«
Wiederum grinste Skinny. »Haben wir aber nicht, Bücherwurm!«
»Richtig. Und genau das macht mich stutzig.« Justus trat an Peters Seite und blickte in den Schuppen. »Ihr habt die Farbe bisher nicht angerührt, und das, obwohl ihr weit über die Hälfte der Kisten bereits aufgebrochen hattet.«
Inspektor Cotta runzelte die Stirn. »Du zweifelst daran, dass sie den Inhalt der Kisten mit Farbe übergießen wollten?«
»Nein, daran zweifele ich durchaus nicht. Allerdings halte ich das Ganze für eine weitere Finte in Skinnys großem Plan.« Er knetete nachdenklich seine Unterlippe. »Und aus diesem Grund stelle ich mir die Frage, warum die drei mit ihrem Zerstörungswerk noch nicht begonnen hatten.«
Der Koloss zuckte mit den Achseln. »Wir wollten nun mal erst alle Kisten offen haben, bevor wir die Farbe drüberschütten. Dann muss man nicht immer einzeln gießen.«
Der Erste Detektiv schüttelte den Kopf. »Hört sich nicht sonderlich überzeugend an, Mister … Wie heißen Sie eigentlich? McLaury ist ja wohl nicht Ihr echter Name, oder?«
»Nein, ist er nicht«, knurrte der Riese unwillig. »Ich heiße Charlie Tipplepot.«
»Da passte King Kong aber irgendwie besser«, flüsterte Peter grinsend.

»Wie gesagt, Mr Tipplepot, eine solche Vorgehensweise klingt nicht sehr plausibel«, fuhr Justus fort. »Außerdem hätten Sie und Skinny für so eine Aktion sicher nicht die Anwesenheit von Sheila Masters benötigt.«

Während Justus sprach, hatte Peter sich ein wenig umgesehen und unterbrach jetzt den Ersten Detektiv: »Kollegen, da fällt mir etwas auf. Seht doch mal: Vor Skinnys Füßen liegt ein Brecheisen und dort drüben ein großer Hammer.«

»Ja und?«, giftete Skinny genervt. »Wir konnten die Kisten ja wohl schlecht mit Löffel und Gabel öffnen, oder?«

»Dich und Mr Tipplepot habe ich auch gar nicht gemeint«, erwiderte der Zweite Detektiv.

Cotta stutzte. »Sondern?«

Nun blitzte in Justus' Gesicht ein Lächeln auf. »Ich glaube, ich ahne, was Peter meint. Die Werkzeuge auf dem Boden dienten zweifelsfrei der Ausführung des Einbruchs in den Schuppen. Ganz sicher aber *nicht* der kleine Gegenstand, den Sheila da in einem Etui am Gürtel trägt!« Er trat an sie heran und streckte die Hand aus. »Dürfte ich es mir mal ansehen?«

Immer noch blieb Sheila stumm.

»Händigen Sie Justus das Etui aus!«, befahl Cotta in unmissverständlichem Tonfall.

Widerwillig löste Sheila die Gürtelschlaufe des ledernen Etuis und übergab es dem Ersten Detektiv, ohne ihn dabei anzusehen. Justus öffnete es, holte etwas heraus und reichte den Gegenstand dann an Cotta weiter.

»So etwas dachte ich mir. Hier, Herr Inspektor, sehen Sie selbst.«

Inspektor Cotta betrachtete das schmale Instrument. »Es sieht aus wie ein Skalpell. Auf jeden Fall ist es höllisch scharf.«

Auch Bob warf einen interessierten Blick auf das Messer und erinnerte sich plötzlich an einen Artikel, den er vor kurzem überflogen hatte.
»Sag mir, wenn ich mich irre, Erster – aber ich glaube, Restauratoren benutzen solche feinen Messer bei der Arbeit, oder?«
»Du irrst dich keineswegs, Bob. Und genau dieses Messer muss hier und heute einem bestimmten Zweck gedient haben. Wartet mal einen Augenblick!« Er lief in den Schuppen und rumpelte zwischen den Kisten herum. »Na bitte, das habe ich mir doch gedacht!«
Cotta folgte ihm. »Was denn? Was hast du da?«
»Unter dem Regal hier lag dieser Bilderrahmen. Und die Leinwand wurde fein säuberlich herausgeschnitten!«
»Allein hinter diesem Bild waren sie also her!«, rief Bob.
»Verstehe. Und gefunden haben sie es erst, nachdem sie schon die Hälfte der Kisten aufgebrochen hatten!«, folgerte Peter. »Wenn alles nach Plan gelaufen wäre, hätten sie hinterher die ganze Aktion mit dem Farb-Anschlag verschleiert! So wäre der Diebstahl vermutlich nie aufgeflogen.«
»Genau«, bestätigte Justus. »Als wir das Trio überraschten, hat Sheila geistesgegenwärtig noch schnell den Rahmen unter das Regal geschoben, damit wir ihn nicht sofort bemerken. Mitnehmen konnten sie ihn ja nicht mehr.«
»Dieser verdammte Fettsack!«, fluchte der Riese wütend.
»Sie halten den Mund, solange Sie nicht gefragt sind, Jumbo!«, fuhr ihn Cotta an.
Bob sah sich suchend um. »Und wo ist nun das Bild, das in dem Rahmen gesteckt hat?«
Justus blickte zu Skinny hinüber, der in den letzten Minuten

sichtlich nervös geworden war. »Sagen wir mal so: Entweder hat sich Skinny seit unserem letzten Treffen durch intensives Bodybuilding erheblich breitere Schultern antrainiert oder er trägt unter seiner auffällig langen Jacke einen schmalen Rucksack, in dem sich ein gewisses Gemälde befindet!«

In dieser Sekunde warf sich Skinny unvermittelt gegen Officer Doyle und brachte ihn aus dem Gleichgewicht. Dann sprang er über das Hubgerüst des Gabelstaplers und rannte los.

»Hinterher!«, donnerte Inspektor Cotta.

Schneller noch als der zweite Beamte hatte Peter sich aus seiner Überraschungsstarre gelöst und spurtete hinter dem Flüchtenden her. Bereits nach wenigen Metern hatte er ihn eingeholt und riss ihn zu Boden.

»War wohl nichts mit Bodybuilding, was?«, keuchte er triumphierend, während er Skinny im Polizeigriff hielt. »So, und jetzt runter mit der Jacke und her mit dem Rucksack!«

Ohne weitere Gegenwehr ließ Skinny sich den dunkelgrauen Spezialrucksack abnehmen. Anschließend wurden ihm und vorsorglich auch dem Riesen Handschellen angelegt.

»Ausgezeichnete Arbeit, Peter!«, lobte Inspektor Cotta. »Dann bin ich doch mal gespannt, was Mr Norris da in Sicherheit bringen wollte …«

Verborgene Schönheit

Cotta nahm den Rucksack entgegen und legte ihn auf einen Tisch in der Freiluftwerkstatt. Dort öffnete er vorsichtig den seitlichen Reißverschluss, während Justus mit seiner Taschenlampe für Licht sorgte. Mit mehreren Schlaufen gesichert, kam nun eine schmale, etwa neunzig Zentimeter lange Metallröhre mit Schraubverschluss zum Vorschein, in der sich eine zusammengerollte Leinwand befand. Äußerst behutsam zog der Inspektor die Rolle heraus und breitete sie vorsichtig aus. Den drei Detektiven stockte der Atem, als sich vor ihren Augen die Detailpracht eines opulenten Gemäldes entfaltete.
»Was für Farben!«, staunte Peter gebannt. »Unglaublich.«
»Eindeutig Öl auf Leinwand«, stellte der kunstinteressierte dritte Detektiv fest. »Etwa achtzig mal sechzig Zentimeter groß. Eine edel gekleidete Dame vor einem großen, goldgerahmten Spiegel.«
Justus nickte. »Nach dem Gewand und dem Interieur zu urteilen im Stil des Barock. Das lässt natürlich noch keinen Schluss darüber zu, ob es sich hier tatsächlich um ein Original aus dieser Zeit handelt. Allerdings hege ich die starke Vermutung, dass unser Einbruchs-Trio sich nicht für eine bedeutungslose Kopie in solch beträchtliche Mühen gestürzt hätte.«
Inspektor Cotta blickte Sheila ernst an. »Nun, Miss Masters, was hat es mit diesem Gemälde auf sich? Ich kann Ihnen nur raten, jetzt die Karten auf den Tisch zu legen. Auf eine spä-

tere Bemessung des Strafmaßes wird es sich zweifellos positiv auswirken, wenn Sie sich jetzt kooperativ zeigen.«

»Du hältst die Klappe, Sheila!«, zischte Skinny.

Cotta fuhr herum. »Noch *ein* Wort, Skinner, und ich kette dich an diesen Gabelstapler – mit den Füßen nach oben!«

Sheila gab einen leisen Stoßseufzer von sich. »Also gut. Jetzt ist die Sache ohnehin gelaufen.« Sie strich sich eine Strähne aus dem Gesicht. »Bei den Vorbereitungen für die Auktion war ich für die Katalogisierung der einzelnen Objekte zuständig. Das meiste davon war bestenfalls nette Durchschnittsware. Aber dann entdeckte ich dieses unsignierte Ölgemälde … Ich hatte sofort ein merkwürdiges Gefühl, weil mir Farbgebung und Pinselführung irgendwie vertraut vorkamen.«

»Also hast du Nachforschungen angestellt«, vermutete Justus.

»Genau. Bei meinen Überprüfungen kristallisierte sich heraus, dass es sich bei diesem Gemälde mit hoher Wahrscheinlichkeit um *La Belleza de la Mentira* handelt – ein legendäres, als verschollen geltendes Frühwerk von Diego Velázquez!«

»Donnerwetter«, entfuhr es dem Ersten Detektiv. »Velázquez war einer der bedeutendsten Porträtkünstler des siebzehnten Jahrhunderts und Hofmaler des Königs von Spanien! Ein Original von ihm muss ein Vermögen wert sein!«

»Das war mir natürlich auch klar«, erwiderte Sheila. »Und entsprechend aufgeregt war ich. Schließlich war bisher offensichtlich weder der Künstler noch der unglaubliche Wert des Gemäldes jemandem aufgefallen.«

Peter lächelte. »Logisch. Sonst wäre das Bild bestimmt nicht im Räumungsverkauf eines Antiquitätenladens gelandet!«

»*La Belleza de la Mentira* – ›Die Schönheit der Lüge‹. Welch

überaus passender Titel in diesem raffinierten Spiel um Täuschung und Intrigen«, murmelte Justus.
»Irgendwann hielt ich es nicht mehr aus und erzählte meiner Cousine Felicity von der Sache«, fuhr Sheila fort.
»Felicity ist deine Cousine?«, staunte Peter.
»Ja, und leider keine besonders verlässliche. Sie hatte nichts Besseres zu tun, als sofort ihren Freund Skinny einzuweihen, obwohl ich ihr eingeschärft hatte den Mund zu halten.«
Bob versuchte das gerade Gehörte irgendwie einzuordnen. »Dann … dann bist du gar nicht mit Skinny zusammen?«
Sheila hob die linke Augenbraue. »Sehe ich vielleicht so aus? Wie auch immer, Skinny war jedenfalls sofort Feuer und Flamme. Er wollte unbedingt dieses Ding drehen und später über private Kanäle das Bild absetzen. Mit meinen Verbindungen in der Kunstszene hätte das vielleicht sogar geklappt.«
»Verstehe«, murmelte Justus. »Bis zur Auktion konntet ihr natürlich nicht warten, weil dort vielleicht jemand durch einen dummen Zufall das Bild erkannt hätte.« Er kratzte sich am Kopf. »Jetzt wird mir auch klar, was es mit dem kleinen Heft auf sich hatte, das dir in der Zentrale aus der Tasche gefallen ist: Du hast es benutzt, um dich anhand von detaillierten Analysen anderer Bilder davon zu überzeugen, dass es sich wirklich um den verschollenen Velázquez handeln könnte.«
Sheila nickte stumm.
»Das einzig Echte in diesem Netz aus falschen Fährten war also ein unauffälliges Kunst-Heftchen«, stellte Peter fest. »Wenn wir das damals schon geahnt hätten …«
Nun ergriff Inspektor Cotta wieder das Wort. »Ich nehme

an, Ihre Cousine wartet momentan zu Hause auf die Rückkehr des famosen Trios?«

Erneut senkte Sheila den Blick. »So ist es. Auf unsere Rückkehr und ein Ölbild von Diego Velázquez …«

Der Erste Detektiv verschränkte die Arme vor der Brust. »Da wollte unser Freund Skinny also ganz elegant zwei Fliegen mit einer Klappe schlagen: zum einen der Diebstahl eines unschätzbar wertvollen Gemäldes und andererseits der Triumph, uns mit einem raffiniert fingierten Einbruchsköder bis auf die Knochen zu blamieren!«

Bob deutete ein Händeklatschen an. »Da hast du dich ja diesmal echt ins Zeug gelegt, Skinny: falsche Liebschaften, böse Riesen, hässliche Zwerge, Westernrätsel, Scheinfirma und Kranwagen. Wer hätte da gedacht, dass dir ausgerechnet eine Cordmütze zum Verhängnis wird?«

»Ach, fahrt doch alle zur Hölle!«, fauchte Skinny.

»Der Einzige, der hier fährt, bist *du* – und zwar ins Präsidium!«, stellte Inspektor Cotta trocken fest. »Doyle – abführen!«

»Jawohl, Chief!« Zusammen mit seinem Kollegen geleitete Doyle das Trio zum Einsatzwagen.

Cotta sah die drei ??? gespielt streng an. »So, ihr Meisterdetektive, für heute war's das wohl. Kommt dann bitte morgen Vormittag wegen des Protokolls vorbei, ihr kennt das Prozedere ja mittlerweile. Ach, und Justus …« Ein Lächeln huschte über das Gesicht des Polizisten. »Erkundige dich morgen bitte mal bei deiner Tante und deinem Onkel, mit was für einem Wundermaterial sie ihr Haus isoliert haben. Einen so beneidenswert tiefen Schlaf möchte ich nämlich auch mal haben.«

»Mach ich, Herr Inspektor«, erwiderte der Erste Detektiv schmunzelnd. »Ich persönlich tippe ja auf –«
In diesem Moment ertönte ein heiserer Ruf.
»Hallo? Dürfte ich kurz stören?«
Justus glaubte seinen Ohren nicht zu trauen. »Das gibt's doch nicht …« Er wandte sich an Cotta. »Bitte warten Sie einen Augenblick.«
Mit eiligen Schritten lief der Erste Detektiv zum Tor hinüber. Bob und Peter folgten ihm sicherheitshalber.
Es war ein alter Bekannter, der sie in der Auffahrt erwartete.
Verblüfft blickte Justus ihn an. »Mr Hunnicutt, kann ich irgendetwas für Sie tun?«
Der alte Mann lächelte entschuldigend. »Es ist spät, ich weiß, aber ich war gerade draußen und habe gehört, dass bei euch noch jemand wach ist. Und …« Er zögerte verlegen.
»Ja?«
»Weißt du, da steht seit einer Dreiviertelstunde schon wieder dieser blaue Laster vor meinem Schlafzimmerfenster …«
»Ach so, der!« Justus hatte Mühe, nicht loszulachen. »Ja, der gehört einem Besucher, der die Auktion nicht abwarten konnte. Aber ich bin mir sicher, dass er nichts dagegen einzuwenden hat, wenn wir den Wagen jetzt woanders parken. Wir wollen ja nicht, dass Sie morgen Ihren geliebten Sonnenaufgang verpassen.«
»Wunderbar, vielen Dank!« Strahlend schüttelte Mr Hunnicutt dem Ersten Detektiv die Hand. Es sah schon so aus, als wollte er sich auf den Heimweg machen, da drehte er sich nochmals zu Justus um. »Ach, wo wir jetzt sowieso schon mitten in der Nacht hier stehen – ich hätte da etwas höchst

Interessantes für deinen Onkel!« Suchend fingerte er in den Taschen seiner karierten Strickjacke herum. »Es handelt sich um den berühmten Füllfederhalter, mit dem Abraham Lincoln nach dem Ende des Sezessionskriegs …«

Lächelnd unterbrach ihn Justus. »Verzeihen Sie, Mr Hunnicutt, aber wir hatten diese Woche schon einen echten Velázquez im Angebot – und man soll sein Glück ja nicht überstrapazieren.« Er wandte sich an seine Kollegen. »Da stimmt ihr mir doch zu, oder?«

»Du hast vollkommen Recht, Erster«, erwiderte Peter grinsend. »Mein Großvater Ben sagt immer: Hüte dich vor zu schönen Dingen. Entweder ist die Schönheit nicht wahr oder die Wahrheit nicht schön.«

Bob nickte. »Und das gilt nicht nur für Federhalter …«